滴水缘情

Dishui Yuanqing

张富建 著

中山大学出版社
·广州·

版权所有　翻印必究

图书在版编目（CIP）数据

滴水缘情/张富建著. —广州：中山大学出版社，2022.12
ISBN 978-7-306-07678-6

Ⅰ. ①滴… Ⅱ. ①张… Ⅲ. ①回忆录—作品集—中国—当代 Ⅳ. ①I251

中国版本图书馆 CIP 数据核字（2022）第 253750 号

出 版 人：	王天琪
策划编辑：	王延红
责任编辑：	王延红
封面设计：	周美玲
责任校对：	李昭莹
责任技编：	靳晓虹
出版发行：	中山大学出版社
电　　话：	编辑部 020-84110283，84113349，84111997，84110779，84110776
	发行部 020-84111998，84111981，84111160
地　　址：	广州市新港西路 135 号
邮　　编：	510275　传　真：020-84036565
网　　址：	http://www.zsup.com.cn　E-mail: zdcbs@mail.sysu.edu.cn
印 刷 者：	佛山市浩文彩色印刷有限公司
规　　格：	787mm×1092mm　1/16　12.75 印张　211 千字
版次印次：	2022 年 12 月第 1 版　2022 年 12 月第 1 次印刷
定　　价：	38.60 元

如发现本书因印装质量影响阅读，请与出版社发行部联系调换

广州市机电技师学院

广东省国强公益基金会

广东省仲明助学志愿服务促进会

序一

李　萍[①]

拜读了张富建老师的新作《滴水缘情》，非常感动！作为一个曾经受助于仲明助学金的寒门学子，他把沐浴"仲明"这份特别的爱化作伴随自己生命成长的力量，化作坚守慈善公益、教书育人、回馈社会的强大动力，这是仲明精神的力量，我要为张富建老师"涌泉报滴水，携爱续情缘"的高贵品格与践行点个大赞！

从1997年到现在，仲明助学金已经走过了25年，帮助了数以万计的寒门学子，我有幸较早地见证了这个平凡而辉煌的历程。新世纪之初，在羊城晚报社工作的陈心宇师妹和我说，碧桂园杨国强先生有意为寒门学子设一个助学金，帮助他们渡过最困难的时刻。我第一次见到杨国强先生那一幕还记忆犹新：他穿着一件非常普通的灰色T恤，光着脚接待我们，我完全不敢相信这就是隐姓埋名设立仲明助学金帮助贫困学生的大企业家杨国强先生。

后来我才知道，杨国强先生创立仲明助学金的初衷非常纯朴："我小时候家里很穷，上初中了还没穿过凉鞋，要不是得到政府免了学费和乡亲们的帮助，我根本无法完成学业。"正是秉持"滴水之恩，涌泉相报"这个朴实信念，杨国强先生以每年百万元回报当年政府免其学费的好意和乡亲们的一饭之恩。助学金以"仲明"冠名，是一个儿子对苦难而善良的母亲的深切怀念，是一位洗脚上田的民营企业家尽己之心力，为怀有殷殷期望的中国母亲抹去脸上的愁容。用杨国强先生的话说，就是"做慈善，对我来说像呼吸一样自然"。到了2007年，杨国强先生才被公开自己的身份，而这一举动的本意，是希望能够影响更多的人加入慈善大家庭。

作为一名教育工作者，杨国强先生更让我佩服的是，他最早提出与受助同学签订《道义契约》，希望他们将来也可以成为帮助他人的人，希望仲明的慈善火苗能够点亮更多学子的心田，希望以这种方式让中华民族扶

[①] 中山大学哲学系教授、广东省青少年发展基金会理事长、中山大学原党委副书记。

危助困的伦理精神发扬光大。《道义契约》这样写到：

一、所接受的助学金用于与学业有关的开支以及生活费用，决不无端浪费，并谨守勤俭求学的原则，努力完成学业；

二、在本人完成学业进入社会后，在经济条件许可的情况下，将向仲明助学金管委会回捐当年的助学金，以帮助其他也需要帮助的大学生；

三、在今后的日子里，将根据自己的经济实力，加入到助困的行列，奉行美好的社会道德，以报效社会。

这份契约并不是要求每个受助学子回捐的法定约束，而是对每个学子道德诚信和道德自律精神的培养。正如张富建老师所坦言，"匿名捐助的仲明助学金及那份《道义契约》，一直在润物细无声地改变着我的人生观、价值观、世界观。那份《道义契约》带来的力量，使我常怀感恩之心"。仲明助学金就是这样一股力量，并且履行《道义契约》本身就是把这股力量从清泉汇聚成河流的过程。

2004年，我曾把这份《道义契约》收入我主编的《思想道德修养》辅助教材。这难道不是最生动的道德教育案例吗？

善恶是道德的基本范畴，也是评价人之道德行为的基本尺度。儒家孔子提出"仁者，爱人"，进而解释道："夫仁者，己欲立而立人，己欲达而达人。能近取譬，可谓仁之方也已。"（《论语·雍也》）显然，此"方"之可行，在于自己必须把他人当人看，这样才有建立同理心的可能。在儒学中，"仁"所指涉的自我结构是具有开放性和内在张力的，自我结构内部就有他者的存在。人并不是一个孤立绝缘的自我，自我与他者之间具有同一性。这种思考问题的方式与向度，使人们可结成自我与天、与人、与物一体的关系，结成一个"和而不同"的社会。佛家文化认为"同等为慈、同体为悲""自立立他、自觉觉人"，有慈悲之心才能觉悟。慈心和善举合起来，就是将"思"与"行"统一起来，以慈心施善举，从而形成社会美好的道德风尚。因此，中华民族具有重人生道德的实践智慧和重慈善、扬善举的优良传统。

几十年来，杨国强先生及其家族成员坚守慈善初心，一直不遗余力地以各种形式雪中送炭，特别是资助困难家庭的学子，支持乡村脱贫攻坚等，他们对社会的奉献可以说是竭心尽力，纯粹而光明！他们的理想与坚持让我万分感动，深受教育！我们期待仲明慈善的火种在中华文明的大地上燎原。在公益慈善的道路上，让我们携手同行。

序二
你活成了捐助人期待的样子

陈心宇[①]

1997年4月21日,一个寻常的日子,我和《羊城晚报》的领导、同事,在报社小餐厅里接待了一位先生。原来这位朴素低调的顺德人,就是大名鼎鼎的碧桂园掌门人——杨国强。这天,他将自己生命中第一个回报社会的项目"仲明大学生助学金"郑重地托付给了羊城晚报人。至今,我还珍藏着25年前的蓝皮笔记本,里面记录的慈善秘密,影响了万千寒门学子。

本书的作者张富建,就是其中一位受助人,他是1998年的受助学子。

25年前,杨国强先生首创的《道义契约》,以朴素的方式,立下了与受助人之间的约定。他在给受助大学生的第一封信上,这样写道:"我希望今天获得'仲明大学生助学金'的同学们,珍惜人生这段黄金时间,努力学习。我祝愿你们日后事业成功。到时候,你有能力,有条件了,也应回报今天所得到的帮助,将今天得到的这笔钱,连本带息还给'仲明大学生助学金';或自己设立一个助学金,以一种道义责任,加入奉献爱心、回报社会的行列。假如你日后一事无成,衣食无着,那就算了。"

每年秋天,当我站在讲台上,向新一届受助大学生讲述"仲明助学金"的故事时,我都会读出这封信。我还会想到,今天签署了《道义契约》的受助人,在未来的岁月中,将会成为怎样的人呢?杨国强先生的愿望,能实现吗?这是我每一年都关注的核心问题。

时光荏苒,岁月如梭。转眼间,当年经济窘迫的大学生,已一批又一批地走进社会,就业创业,成家立业,有的已人到中年了。这些年,我不断地了解到仲明学子的成长故事,以及他们回馈社会的各种努力。他们用实际行动践行了当初的道义承诺,用青春的画笔书写了一个个大写的"人"字。

---

① 仲明助学金管委会负责人、羊城晚报报业集团原总经理。

其中，张富建是仲明学子中最具代表性的人物。

记不得哪一年认识张富建了。在我记忆中，他的名字，是与仲明助学网联系在一起的。有一年，我收到一封信，写信人就是张富建。他说跟朋友一起建立了仲明助学网，希望通过这个网把仲明学子联结起来，并要把这个网无偿地赠送给仲明助学金管委会。这让我非常惊喜：我们一直苦于仲明学子越来越多，而联系沟通的方式跟不上，许多学子因为各种原因失散了。20世纪90年代末、21世纪初，我们与仲明学子的往来，就是靠一封封手写的信而已。

就这样，我认识了张富建。原来他是一名人民教师。每一年的仲明助学金颁发大会上，总有他忙碌的身影。他牵头成立了仲明志愿服务总队，并担任总队长，在他带领下，有21所大学的仲明学子成立了仲明志愿者队伍，他们利用节假日组织公益行动，关怀老弱，关爱乡村，传递正能量。张富建和他的团队，带领着仲明学子实现了从受助人向志愿者、公益人的身份转变，播撒爱的种子，传递爱的温暖，收获爱的奉献，伴随着仲明学子一路成长。

2021年1月，广东省仲明助学志愿服务促进会成立，这标志着仲明志愿者队伍成长为共青团广东省委主管、在广东省民政厅注册的正式公益机构。张富建担任会长，在一个有着更高要求的公益平台上，继续做着"带头大哥"，带领仲明学子们实现从"受助"到"助人"的角色转变。

今天，读了他的新作《滴水缘情》，在感动中更加深了对他的了解，这是一位有情、有义、有情怀、有信念、有毅力、有行动力的仲明人。他对家乡和亲人深沉的爱，对曾经帮助过自己的师友的感恩，对仲明助学金的爱与无私奉献，都生动地体现在他的点滴记录里。张富建的文字热情，一如他春风和煦的为人；他的行文如风，一如他干脆利落的行事；他的文章生动，一如他幽默风趣的性格。总之，很高兴看到张富建以这样真诚的方式记录仲明助学金和他自己的成长。

当年杨国强先生所倡导的助学模式，即使放在今天，依然是独树一帜的。杨国强先生最看重的，其实是每个受助人在道德良心上的自我约束力和回报社会的责任感。

25年后，张富建以自己的方式交出了答卷——它是令人心动的。

2022年12月27日

涌泉报滴水，携爱续情缘

—— 自序

2022年是仲明大学生助学金创立25周年。作为早期受助的学子之一，为了感恩曾经的这份沉甸甸的温暖，我应该做点事情。

我在整理收集仲明助学金各种历史资料的时候，通过《羊城晚报》的同仁，找到1997年7月10日的《羊城晚报》，那天头版头条刊登了一篇报道：《今天，我们涌泉报滴水》（一位著名民营企业家出资百万设立仲明大学生助学金……）。这是目前我能找到的最早的关于仲明助学金的媒体报道，这让我激动不已。

缘起于在困难时得到仲明助学金的帮助，毕业后，我便携着这份恩情，一直在公益的路上奔走。这些年，我也常常被问到：这20多年来，是怎样坚持下来的？我心中的答案，也许都在这本书里。

2012年，我和其他仲明学子自发成立了仲明志愿者服务队，我担任首任队长。十年踪迹十年心，如今仲明服务队已成长为由共青团广东省委员会业务主管，在广东省民政厅注册的广东省仲明助学志愿服务促进会，并且在全国众多高校中有着广泛的影响力。未来，我们作为仲明促进会的"代言人"，将继续致力于仲明助学品牌的发展、规划，并要起到带头作用……

二十五年弹指间，仲明早已是根深叶茂。而我也已人到中年，很多甜酸苦辣都一一尝过，仿佛昨日还在感叹要远离父母奔赴他乡，今天就已经在学校成了"老教师"。这些年，所有的欢笑与感动都留给了记忆，所有的艰难与泪水都留在了过去。这两年只要有点空闲，我就打开电脑，登录QQ、微信，查看说说、日志、朋友圈及各种文档，查找并回忆曾经的点点滴滴，集腋成裘，终撰成此书。感动于一路走来凝结于心的友谊和温暖，谨以此书作为纪念。

滴水之恩，涌泉相报，缘深情更深。我坚信，时刻怀着一颗感恩的心，幸福和幸运才会眷顾自己！珍惜生活中遇到的人和事，脚踏实地，与爱同行。才能勇敢地迈进下一个温煦的春天。

感谢陈心宇老师、李萍教授于百忙之中为本书作序，感谢中山大学出版社王天琪社长、王延红等编辑对本书的面世所给予的支持。鉴于本人对一些年久事情的记忆可能存在偏差，加上表述能力有限，书中难免有谬误之处，请见谅。若本书能对他人，特别是仲明学子们有一点点启发，就是我莫大的欣慰了。

我的梦因你而起/走过风雨我能看见我自己/
高山之巅/心有羽翼/梦在哪里/你就在哪里/我的爱就在这里/
越过岁月依然真心真意/鹏程万里/峰回路转/一路有你/
惺惺相惜/这一生就和你相知相遇/

——致敬仲明

2022年秋于广州

前　言

　　本书作者以亲身经历和感受为素材，从生命的原点出发，与爱同行，抒写成长、求学、生活、公益、乡愁、故乡及远方。作者将成长路上曾经得到的各种"滴水之恩"、一段段难忘的事件写成一个个令人回味、促人奋发向上的故事。为读者展现了一个出身寒门、面对突来变故、面临退学窘境时，因接受仲明助学金资助与仲明结缘，凭借自身不懈努力，成长成才，回报社会、反哺社会，并成为教书育人模范的励志故事。

　　仲明是一位母亲的名字，是一个儿子对苦难而善良的母亲的深切怀念。仲明助学金的设立，是一位成功的民营企业家不忍看天地之间仍有可塑之才，因贫困而隐失于草莽，让胸有珠玑者不因贫困而失学，不因陷入困顿而失志，感恩受惠社会，尽己所能回报社会的善举。他怀着"滴水之恩，涌泉相报"的心愿，个人出资设立了仲明助学金。在这种精神的感召下，本书作者大学毕业后，20多年来，心怀感恩，坚守初心，诚信守诺，持之以恒，将传递仲明大爱作为担当和使命，成为仲明精神的践行者，成为公益之旅上的接力者，这也使得作者的人生越来越充实、越来越幸福。

　　本书作者是一名老师，也是一名公益人，身兼部门负责人、党支部书记、会长等众多职务。虽然他经济不算富裕，但他的内心及精神比很多人要富有。丰富的成长、学习与工作经历又促成了他风趣幽默、独特的文字表达方式和叙述风格，文笔平实亲切。书中，有他的求学故事，也有浓浓的亲情、乡土风情，令人读之，感之，念之。

　　本书分上下两篇，包括八部分：我与仲明、公益活动、融入仲明、仲明故事、回望故乡、大学情缘、工作生活、乡音乡情，近50篇文章，以"爱"为红线，串起了作者从少年、青年到中年的求学之旅、奋斗之旅、公益之旅。本书以平实朴素的语言，讲述了作者一路行来的困苦与拼搏、奋斗与精彩，给人以感动与启迪、温暖与力量；同时也以一种博爱大德、向阳而生的正能量，激励年轻一代在求学成才和追求梦想的道路上，常怀"穷则独善其身，达则兼济天下"之志，自强不息，丰富自己，照亮别人。

　　本书的励志意义，不仅在于一个寒门学子在成长过程中，始终不忘精神上的追求和人格上的完善，铭记滴水之恩，而且在于他将一路以来所受的帮助和照顾，化作内心感恩的力量，在助人精神的感召下，逐渐成为爱心之旅上的引路人。这不仅让那些资助他的人颇感欣慰，对于其他人来说，也是一场生动的人格教育。

目　录

上篇　饮水思源　涌泉相报

1 **我与仲明** / 2
　　感恩仲明：记住生命转弯处 / 3
　　仲明助学金 / 11
　　我所认识的杨国强 / 15
　　因为缘分，感恩遇见 / 21
　　道义契约 / 27
　　仲明助学金走过的岁月 / 31

2 **公益活动** / 36
　　由受助者到爱的传播者 / 37
　　以阳光的名义传递爱 / 40
　　快乐的时光一路流淌 / 42
　　一起寻找国华的孩子 / 45
　　托起"折翼天使"的翅膀 / 48
　　山高路远为你而来 / 52

3 **融入仲明** / 55
　　缘定仲明，同心同行 / 56
　　上善若水，臻于至善 / 58
　　仲明促进会的"两个梅" / 62
　　仲明薪火计划启航 / 66

拥抱仲明，让梦想相遇 / 68
仲明之缘，情系一生 / 71

4 **仲明故事** / 73
诚信是天空最美的云 / 74
爱洒向世界屋脊 / 78
效仿仲明成立助学金 / 81
赤子之心仍未改变 / 86
缘散缘聚，情暖人间 / 88
如花女孩，拾爱前行 / 91
有你们做伴，我不孤单 / 94
萍水相逢，我的朋友圈 / 101

下篇　追根溯源　不忘来路

5 **回望故乡** / 107
砂塘是吾乡是吾村 / 108
水秀山明的砂塘村 / 111
筑梦启航，振兴砂塘 / 115
我有一个名字叫土业 / 118
多姿多彩的童年 / 121

6 **大学情缘** / 125
大学时光，终生难忘的岁月 / 126
校园里的邮递员 / 131
和两班主任叙旧 / 133
恰同学少年 / 136
时光不老，我们不散 / 139

去赖叔家吃饺子 / 141

7　工作生活 / 145
　　师恩似海，衔草难报 / 146
　　天道酬勤，大道至简 / 152
　　经历生死，为爱情加分 / 154
　　"富二代"：我的二孩故事 / 157

8　乡音乡情 / 162
　　土业带上爱回来还愿了 / 163
　　故乡的老爷爷、老婆婆 / 167
　　猪肉佬的故事 / 172
　　富哥不富亦富 / 175
　　那山那水那人那事 / 177

后记
　　心怀感恩，与爱同行 / 181

附录 / 184

上篇

饮水思源
涌泉相报

1　我与仲明

　　人生路上会有那么一段艰难的时光，就像暗夜里的孤星，孤独且无助，但庆幸的是在某个瞬间有束光照了进来，从此我们彼此照亮不再孤单。

　　这是一个温暖的开始，情缘起于仲明，从此我学会感恩生命里遇到的每个人和每件事。

　　我和仲明相遇在我少年穷苦的日子，遇见仲明的老师和小伙伴们，我是幸运的。

　　筑梦路上的甘泉，给了我逐梦的勇气。

感恩仲明：记住生命转弯处

仲明是一位平凡的母亲的名字，是一个儿子对苦难而善良的母亲的深切思念，也是我干渴至极时遇到的甘泉！

（一）

小时候，我常常跟父亲去山上砍柴，早晨六七点出发，到晚上六七点才能回到家。

那片老林里没有水。不过，林子尽头住着一位老人，他家门前有一口山泉井，井水清澈而甘甜。每次当我走得又累又渴，快要撑不住的时候，父亲就不断地鼓励我说："再坚持一下，到前面就能喝到老爷爷家的井水了！"

一听到这句话，我就又有劲了！

从此，我幼小的心里就一直装着那位老爷爷。

1997年夏，我如愿考上了大学，实现了父亲多年的心愿。为了凑够4000多元的学杂费，我和家人把经济作物卖了，把猪卖了，到橡胶林场没日没夜地干了一个多月才筹够了钱。一个农村家庭，供一个大学生很不容易。父亲年轻时尚可外出打工，可是，随着年龄的增长，加上多年来的辛勤劳碌，40多岁的父亲比同龄人苍老许多。

临上大学，我跑到镇上买了两斤猪肉，送到老爷爷家，说："老爷爷，这是我第一次挣钱，今后去广州读书了，很少有机会见到您，这么多年来，我没少喝您的山泉水，这是我的一点儿心意，您一定得收下……"

老爷爷乐呵呵地笑着说："你这孩子懂得感恩，今后肯定会有大出息！"

其实，那时的我还不懂得"感恩"这两个字的真正含义。刚到广州上大学时，我心里充满了憧憬和希望，但一个从贫困山区走出来的农家孩子，要面临的困难和挫折实在太多了。人生有许多不测风云，若不坚强，则很容易被瞬间的困苦所击垮。

大学一年级第二学期时，我的父亲突然病逝了！我们这个贫寒之家，本来就底子薄，为了给父亲治病，不但花光了家里的积蓄，而且把家里可变卖的东西都变卖了，即便如此，还是欠下很多债务。现在又失去父亲这个经济支柱，整个家顿时陷入了困境。

透过青春的裂缝，照进来的，不一定是阳光。我日夜都在祈盼奇迹，但是奇迹终究没有出现。

如果可以，我一定完成父亲的遗愿：把大学读完，在事业有成时，回报家乡。

那是一个漫长的暑假，作为家中长子，面对无助的弟弟、妹妹，我不得不考虑辍学回家务农。那个夏天，我站在火辣辣的太阳下耕作，满脸不知道是汗水还是泪水。

后来，学校得知情况后，打电话让我先回学校再说。不久，学校为我申请了仲明助学金，由此开启了我与仲明的不解之缘。

按要求，所有得到仲明助学金资助的学生要签订一份《道义契约》，在上面许下自己的承诺：

  一、所接受的助学金用于与学业有关的开支以及生活费用，决不无端浪费，并谨守勤俭求学的原则，努力完成学业；

  二、在本人完成学业进入社会后，在经济条件许可的情况下，将向仲明助学金管委会回捐当年的助学金，以帮助其他也需要帮助的大学生；

  三、在今后的日子里，将根据自己的经济实力，加入到助困的行列，奉行美好的社会道德，以报效社会；

  ……

我接受仲明的捐助时，并不知晓捐助人是谁，只知道是位民营企业家。但是，我内心真的非常感激他，因为他在我最干渴时赐予了我甘泉。

我也读了那位企业家写给我们的三封信：他说他小时候家里非常贫穷，靠政府免除7块钱的学费和乡亲们的帮助才完成了高中学业。滴水之恩，涌泉相报。他以每年百万元回报当年那7块钱的好意和乡亲们的一饭之恩。基金的名字叫"仲明"，这并不是他的名字，而是为了纪念他终生贫困的母亲。仲明助学金管委会的老师对我们说，同学们不必打听他是谁，只要做一个对社会有用的人……

原来"仲明"是一位母亲的名字，是一个儿子对苦难而善良的母亲的深切怀念，是一位民营企业家尽己所能，为有需要的中国母亲抹去脸上愁苦的殷殷期望。

匿名捐助的仲明助学金及那份《道义契约》，一直在润物细无声地改变着我的人生观、价值观、世界观。那份道义契约带来的力量，使我常怀感恩之心。

一开始，工作人员就告诉过我，"受惠社会，回报社会，让爱薪火相传"，是仲明助学金设立的初衷和宗旨。捐资人希望以个人的慈善行为带动和影响更多学子加入助困行列，让我们更深刻地体会受惠与施惠的价值和意义，自觉承担个人的社会道义责任，并通过参加工作后回捐资助款的方式，将慈善助学的义举接力下去，帮助更多和自己一样成绩优秀而经济困难的学子。受助者的每一笔善款的回捐，都会加增一分仲明的慈善能量，让更多人受益。

我一直把这些话记在心底。

2001年夏大学毕业后，我毅然决定当一名教师，更多的原因是出于感恩。做老师收入不高，但我一直对受资助念念不忘，想着回捐仲明助学金。每年在不同高校举行的仲明助学金颁发仪式，我都会参加。有人劝我："你这是何苦呢？那仲明助学金又不是贷款，也没有期限，而且不回捐也没人能拿你怎样……"可我说："那是'道义贷款'啊！不回捐，我良心过不去！"

就这样，我节衣缩食了三年，才终于全额回捐了仲明助学金，并还清了大学时期欠下的全部债务。仲明助学金管委会的领导知道我的故事后深受感动，并同意我加入管委会志愿者工作。

渐渐地，我也知道了，仲明助学金自1997年设立，到2002年时已发放600万元，资助3000多人，却只有54名同学回捐，回捐率还不到2%。

这件事让我很震惊：为什么有那么多人不履行契约呢？此后，我开始一边义务为仲明助学金奔走、做宣传，一边联系当年的受助人。

（二）

2003年11月，我被邀请到中央电视台《实话实说》节目做嘉宾。我感慨颇深地对主持人和晶说："仲明助学金就像一泓清澈而甘甜的山泉，无声无息地沁入每一个经济困难学子的胸怀，滋润着每一颗纯洁的心灵；它不同于施舍，也不需要回报，因为它是爱心最真诚的馈赠，是爱心最自然的流露……我们每个喝了这泓山泉的人，都应该汲取其中的道义力量，都应该常怀感恩之心，如果我们都能尽力将钱回捐回来，这泓山泉就肯定会细水长流！"

为此，2004年初，我在同学及朋友的帮助下，自费建立了仲明助学网（www.zmzx.org），目的就是让更多人了解仲明助学金的真正含义，并希望受助者履行《道义契约》。可我搜集资料时却发现，别说是那些助学金获得者，就连向国家领取贷学金的部分大学生也不还贷，甚至连人都找不到了……

仲明助学网主页图片（2004年第一版网站）

说实话，这种现象让我无法理解，因为我的内心始终记得"山泉的道义"。这究竟是因为受助大学生缺乏诚信，还是另有原因呢？

于是，我先后走访了众多仲明助学金受助者，去了解真相，发现问题并设法解决。

不久,我在仲明助学网上发了一封倡议书,题目叫《回来吧!感恩的心——致接受过"仲明"资助的同学们》:"10年了,也许你们真的很忙,也许你们不顾一切地追求和奋斗,仅仅是为了更好地生活,可是失去了感恩的生活,那是多么苍白啊;也许你们会说自己的生活还很艰难,要让日子过得更好一些再说吧,可是,在淡忘道义的路上,将会迷失自己前进的方向啊……"

虽然我无法像那位曾经匿名民营企业家那样,拿出巨额财富来回报社会,但我希望能尽自己的绵薄之力唤醒更多人的"感恩之心",为这个社会做些有意义的事情……

我到中央电视台参加节目拍摄(2003年)

（三）

2007年5月，《瞭望东方周刊》第一个揭开了仲明助学金的匿名捐助者身份，他就是广东碧桂园集团的杨国强先生。我得知这个消息时非常激动，因为整整10年了，我终于知道了那位"大隐隐于市的高人"是谁。

原来仲明助学金是杨先生在1997年事业初有所成时为回报社会所设立的第一个慈善项目，由羊城晚报社负责管理及发放。2005年，仲明助学金管理委员会日常工作从羊城晚报社转至中山大学，由捐助者、羊城晚报社、管委会三方共同管理和发放，并设立了专人负责管理。

2007年11月，杨先生在仲明助学金颁发仪式暨创立10周年纪念活动上讲话时说："我18岁以前没有穿过鞋，读书时每学期7块钱的学费都交不起……但人穷不要怕，只要有远大志向，定能找到通往成功的路。还有，一个人一定要懂得感恩，改革开放给我的企业带来了战略机遇，所以今天当我拥有了财富，我就应该回报社会……仲明是我母亲的名字，她10岁时就被卖给人家当婢女，直到去世还不会写自己的名字，所以没有文化知识的人生是非常苦的。我希望能资助更多的人学文化，也希望有更多的朋友和我一起来完成这个心愿。"

当杨先生得知仲明助学金的回捐情况不尽如人意时，他说："我关心的不是回捐多少钱，可贵的是同学们恪守当初签订的《道义契约》，言出行随。如果社会上能多些这样的有道之人、有信之人，中华民族就更有希望……"

那一刻，坐在台下认真听讲的我心潮澎湃，眼含热泪。这是我第一次见到杨先生，也进一步明白了仲明助学金的意义。

从那以后，我的目标更加明确了。我希望能像杨先生那样，心怀大爱，热衷慈善。于是，2008年初，我成立了一支仲明志愿者队伍，每年组织仲明学子以各种方式报恩，传递关爱。我们先后多次和碧桂园的志愿者服务队，联合共青团广东省委员会相关部门，到过阳江阳春、梅州丰顺、清远阳山等地，参与扶贫济困健康直通车活动。

2011年，我又牵头成立了仲明同学会，希望以仲明助学金为纽带，通过这种特殊的同学情结，让仲明学子们永远紧紧团结在一起，互帮互扶，传承"滴水之恩，涌泉相报"的精神。

在2012年的仲明助学金颁发仪式上，我获得了杨先生颁发的"仲明爱心大使"牌匾，并获任广东省仲明志愿者服务队总队长。

2013年，我担任广东省（中山大学）仲明公益研究中心副主任。

2018年11月，由新浪网、新浪教育频道举办的新浪教育盛典评选活动在北京诺金酒店举行。盛典评选活动以"教育的力量"为主题，聚焦"榜样的力量""新生的力量""公益的力量"和"口碑的力量"等，在面向教育业内的同时，辐射更多学生和青年人群，多角度传递更多独到新颖的教育理念，为中国教育注入更多的活力，贡献更多的力量。超过500位国内外权威教育专家，包括教育部专家、知名高校代表、重点中学校长、新媒体负责人、知名教育机构负责人等重量级嘉宾，一同参与盛会。我携"仲明助学金公益项目"前往参与。并向评委嘉宾讲述了这个持续了20多年大爱、引领向善的故事，分享了受助学子薪火相传、服务社会的点滴。仲明助学金项目也在70多个教育公益项目中脱颖而出，获得第六名。

我代表仲明公益研究中心参加新浪教育盛典评选活动

2021年，我和多位往届仲明学子推动成立了广东省仲明助学志愿服务促进会，我担任首任会长。2021年3月，我作为仲明促进会代表参加共青团广东省委员会主管（指导）社会团体会议，了解到团省委主管（指导）的社会组织只有25家，而仲明促进会就是其中一家。早在20年前，2000年，我作为广东省20个幸运儿之一到共青团广东省委员会领取"中国大学生跨世纪发展基金·恒安自强奖学金"，我深感缘分的奇妙。

这些年来，我一直坚守着内心的那份《道义契约》，并为此一直在公益的道路上执着前行。我常常觉得，自己从小接受了各种各样的教育，但是，对我影响最大的教育，就是仲明助学金的那份《道义契约》，它不仅让我完成了大学学业，而且改变了我的命运，更重要的是升华了我的人生。

（四）

我们每个人的一生都会遇到不少给予你"甘泉"的人，都会有一份沉甸甸的感恩清单。我认为，无论是选择像杨先生那样"隆重"地感恩，还是如我这样"平凡"地感恩，都不重要，重要的是，我们常将感恩的心付诸行动。

在青春的年华里，这一场遇见，便是故事的开始，从此，没有结局。

以梦为马，不负韶华。

仲明，让来自五湖四海的我们，相聚于此。

仲明，让有着相似经历的我们，相互取暖。

相遇，相识，相知。从此，就是兄弟姐妹。

在这条充满温情的路上，你我同行，为爱加分。

在坎坷的青春旅途中，有仲明相伴，不畏将来。

在这里，我们接受爱的洗礼，体验素质拓展的欢乐，得到导师讲堂的熏陶，传承公益服务的精神……

在这里，我们放飞梦想，意气风发，激扬年华。

爱，让我们在一起。我们，要让仲明更精彩！

仲明，在我人生最干渴的时候，给我送来了最甘甜的山泉。

仲明，开辟了一片海，激起了我生命的巨浪。人无信不立，我会永远铭记心底，用爱去感染天下的学子。

仲明助学金

为善最乐，是不求人知。

——曾国藩

光阴流逝，岁月如梭亦如歌，一眨眼，仲明助学金已经25周岁了。

聚爱成灯，薪火相传。仲明25年的爱心接力，我也有幸一路同行见证。《道义契约》诠释仲明主旨，约定爱心接力，让爱薪火相传。

"做一个对社会有贡献的人"——25年后，这句朴实的话语依然激励着莘莘学子不断向前、向上、向善！

作为早期受惠于仲明助学金的学子（仲明学子），毕业后，我身体力行加入扶弱济困的行列，并参与了仲明助学金的管理。我有幸多次拜访仲明助学金创始人，聆听并了解了很多关于仲明助学金的故事。

25年来，仲明助学金这份爱润泽过、感动过很多人。值此特别的日子，我想跟读者一起回顾那些藏在时光里的爱，希望能够温暖更多人。

仲明助学金诞生于广州市东风东路羊城晚报社的小餐厅，由一位著名的广东民营企业家和几名羊城晚报人约定的匿名捐助协议发起，爱心资助覆盖全国23所高校的过万名学子，如今已经成为全国助学领域众口皆碑的公益名片。

1997年初的一天，一位热心的广东民营企业家看到报纸报道一名经济困难的大学生，仅靠着一块面包、一杯白开水就度过一天……那一刻，他突然想起了过去的自己：童年时家境贫寒，由于政府免除7元学费及给予2元的助学金才重拾书包上学堂。感念于此，他的心情顿时沉重起来。他觉得，那些经济困难的学子，和自己当年一样过得太苦。他又想起已去世多年的母亲，想起了读高中时那沉甸甸的助学金，那些曾经的苦难让他辗转难眠、眼眶湿润。

1997年4月21日，这位其貌不扬、衣着朴素的广东企业家来到羊城晚报社，提出每年捐资100万元创立一项贫困大学生助学金，委托羊城晚报社负责这笔助学金的管理和发放，要求不公开他的名字，还附带了一个特别的条件：每位受助者自愿在接受仲明助学金的同时，签署一份仲明助学金《道义契约》，承诺有能力时将受助的款项回捐到仲明助学金，以帮助更多有需要的人，并身体力行加入扶弱济困的行列。

这并不是一个有强制约束力的契约，而是一个良心承诺。

100万，这个捐助数目在当时的广东无出其右，而当时这位企业家的全部财产才200多万元。

100万捐资助学，本来可以做成轰动全国的大新闻。然而，这位企业家选择了匿名，并要求羊城晚报人为他保守秘密。

这位企业家的突然到访让羊城晚报人既感动又忐忑。《羊城晚报》报业集团原总经理、时任羊城晚报社委会委员陈心宇老师，因为做过多年的教育记者，被报社委任负责助学金发放的筹备工作。但是，对于如何管理一笔这么大数目的助学金，她毫无头绪。后来的几个月里，她和报社同事一起做了大量调查研究和联络工作，得知这是当时给予广东高校贫困大学生最高的一笔来自个人的助学金，且是当年罕有的来自本土企业家的巨额捐资。

为了做好这件善事，羊城晚报社专门成立了仲明助学金管委会，陈心宇老师受命担任负责人，参与工作的相关部门有财务处、工会、团委等。不仅负责助学金的申请审核和发放，为了和学生们建立感情、加强联络交流，管委会还筹备了每年一次的在不同高校举行的颁发仪式，组织羊城晚报人和大学生们面对面交流，这大大增进了学子们对仲明助学金的认同和情感。

"当年看见你们这些孩子都很心疼，你们多数还穿着破旧的中学校服，鞋子也是破的，但都很有礼貌，一直跟我们说'谢谢'。你们从内心很崇拜《羊城晚报》，也很想知道究竟谁是捐款人，但是我当时和很多同事其实也不知道是谁。"羊城晚报原工会主席王淑华老师是参与仲明助学金工作时间最长的员工之一，承担了大量与学校联络沟通的工作。多年以后，我去拜访王老师时，她提起当年的事还十分感慨。

王淑华老师退休后，许多工作交给了工会的同事陈元恒老师。受助于仲明助学金后，我们这些仲明学子给从来没有见过、连名字也不知道的"大恩人"写信。十年里，无数封写给"仲明恩人"的信件寄到陈元恒老师那里，陈老师都非常小心翼翼地保存了下来，定期转交管委会分批转到企业家手里。陈老师在离开工作岗位时整理好各种资料，移交给管委会及仲明志愿者保管。

这位企业家在幕后其实非常关怀我们这些仲明学子,也很珍惜我们的每一封信,繁忙的工作之余,他经常和家人一起坐在灯下阅读大家的来信,听听大家的心里话。曾经有一次,这位企业家悄悄地来到仲明助学金颁发大会的现场,但他依然不让跟任何人说,就连工作人员也不知道。他静静地坐在一边,倾听着同学们的发言。听到同学们在现场发自肺腑的声音,他内心也深受触动。

就这样,整整十载,仲明助学金一直在无声无息中播撒着爱心。在那十年里,仲明助学活动也在更广的范围内逐步得到了推广,就连著名医学专家钟南山,也曾专门给仲明助学金管委会来信,对那位不愿公开真实身份的企业家表达钦佩之情。

随着仲明助学金的社会影响力越来越大,加上互联网的普及,越来越多的媒体想方设法寻找这位神秘的企业家。尽管羊城晚报社一再保守这个秘密,可2007年5月初,新华社《瞭望东方周刊》记者还是通过特定的渠道获知了仲明助学金捐助者的真实身份,并设法见到了这位"从不接受采访"的企业家。《瞭望东方周刊》的记者表示:"劝说这位企业家说出自己的故事是艰难的,更是感人的。实际上,这十年来不断有政府领导及身边好友劝说他说出自己的名字,但都没有奏效。"最后,《瞭望东方周刊》的记者又不得不通过这位企业家的一位颇有声望的朋友出面协助,极力劝说他:"我们尊重您选择匿名的方式,但如果说出您的故事,可以感染更多的人,可以为更多的人树立一个'榜样',可以更好地践行您的责任……"让善良感染善良,让社会充满更多的爱心,这也正是仲明助学金的初衷。就这样,这位企业家最终勉强同意了由《瞭望东方周刊》披露他的名字。

一周后,《瞭望东方周刊》以《中国"首富":一个保守了10年的秘密》为题,首次公开了这位匿名创立仲明助学金的企业家的名字,他就是广东碧桂园集团的创始人杨国强先生。紧接着,《羊城晚报》作为仲明助学金的管理者和秘密保守者,也以《"仲明"十年助学解密》系列报道,更详实、更深入地还原了杨先生的爱心故事。这些报道激起千层浪,在经过海内外众多媒体的转载及互联网的传播后,引发了社会的高度关注,感动了无数人。当时,仲明助学金已帮助了包括我在内的4000多名学子。很多跟我一样的受助者在获知我们的"大恩人"的真实身份后,也都激动不已，纷纷写信感谢。一名毕业多年的受助者，在看了《羊城晚报》的报道后，声称"晚上一夜没睡着，我很惭愧……"，并主动将3000元钱回捐到仲明助学金。他说，是杨先生的故事唤醒了他感恩的心，让他真正明白了仲明助学金《道义契约》的良苦用心。许多仲明学子毕业后都选择从事教育、医疗、媒体等行业，在更广阔的天地践行仲明精神，传播仲明大爱。

2021年1月，在共青团广东省委员会的指导下，仲明学子自发注册成立了广东省仲明助学志愿服务促进会，致力于凝聚仲明学子力量，服务社会，使仲明大爱薪火相传。

2022年正值仲明助学金创立25周年，全国23所高校1.25万名家庭经济困难学子受惠，很多受助者如今成长为施助人，在不同领域、不同岗位用实际行动传递爱心。

（参考资料：《羊城晚报》全媒体记者李莉、陈玉霞《25年前的一张爱心支票，如今已成一座爱心银行》，《羊城晚报》2022年6月15日A6－A7版，https：//ycpai.ycwb.com/amucsite/template9/#/newsDetail/110006/40847754.html?isShare＝true）

我所认识的杨国强

感恩、责任、幸福，希望社会因我们的存在而变得更加美好！

——杨国强

若非仲明，像我这样一个平凡之辈，是不可能认识杨国强先生的。

除了仲明助学金，杨先生还有许多鲜为人知的慈善义举，包括2002年，创立全国第一所纯慈善、全免费、面向全国招收经济困难优秀初中毕业生的民办高中——国华纪念中学；2007年，创办了全免费的国良职业培训学校；2013年，捐资创办广东碧桂园职业学院，所有经济困难学生入读，免除一切费用；2019年，再次捐资创办纯慈善、全免费的全日制民办普通中等职业技术学校——临夏国强职业技术学校。从助学扶贫到办学扶贫，教育扶贫是杨先生"饮水思源"的善举。杨先生以仲明助学金为起点，孜孜不倦地投身于慈善事业，在精准扶贫、乡村振兴、教育慈善、东西部协作等领域都已耕耘多年。

在杨先生看来，国家强大需要一大批有作为、负责任的企业家，这份责任不光是对企业发展的责任，更是对社会和谐的责任。

杨先生已先后多次被授予"中华慈善奖"，这是中国政府最高规格的慈善奖项。2021年2月，杨先生还因在公益扶贫特别是教育扶贫方面的突出贡献，被授予"全国脱贫攻坚先进个人"荣誉称号。

仁爱共济，立己达人。

从接受仲明捐助到2007年的近10年间，我内心深处一直把仲明助学金创立者视作那位深山里赐予我甘泉的老爷爷。因为那时杨先生是匿名捐助，我猜想捐助者应该是一位年龄比较大、事业非常成功、德高望重的老者。

直到2007年11月，我受邀参加仲明助学金创立10周年纪念活动，才有幸第一次亲眼见到杨先生且与他握手。在读了许多有关杨先生的媒体报道后，我才知道，他于1997年创立仲明助学金时仅42岁，比我父辈还年轻。

2007年之后，我几乎每年都会在仲明助学金颁发仪式上见到他。他不仅为人和蔼可亲，穿着朴素，讲的每一句话也都真切质朴。

杨先生匿名捐助数千名经济困难大学生10年，这种润物细无声、大爱无言的精神，常常让我感触颇深。如果不是公司上市、媒体披露，他或许会一直以"仲明助学金创立者"的身份延续这份慈善事业。

由于我曾是贫困学生，后来又参加各种公益活动，因此接触过不少类型的助学金，但像仲明助学金这样能够20多年坚持下来的不多。我所知晓的有些20世纪90年代设立的助学金早已不复存在，可仲明助学金依然静水流深，绵绵流淌。

正是受仲明和杨先生的影响，我参加工作至今，一直铭记仲明助学金"受惠社会，回报社会"的理念，将大部分业余时间奉献给仲明助学金的公益事业。

杨先生带给我们仲明学子的，不仅仅是经济上的资助，更多的是精神上的激励：教会了我们如何做人。2012年初，因为仲明助学金管理会议在碧桂园总部召开，我有幸拜访了杨先生。他的办公室完全没有想象中的豪华，我看到的只是简单朴素的装修以及整齐的布置。有一点却非常特别，他的办公室里有很多书，厕所里也放了书，且很多书都折了标记或放了书签。杨先生说那是为了方便有空的时候就看书。

我想，受杨先生影响的，不仅仅是仲明学子，还有众多的碧桂园人。2011年，在顺德国华纪念中学举行的仲明助学金颁发仪式，由碧桂园战略发展部负责。虽然阳光猛烈，且活动在开阔的操场举行，但碧桂园的朋友们认真细致的工作，使活动得以圆满完成。我全程参与其中，跑前跑后地帮忙，也增长了很多见识。

从那年开始，我除了参与仲明助学金的公益活动外，还经常参与碧桂园集团的志愿者活动。我发现每次活动中，碧桂园的志愿者们，无论男女老少，都任劳任怨，吃苦耐劳。我和他们结下了深厚的友谊，与杨姐、罗总、飚哥、少芬、碧蓉、兴涛、伟营、晓明、方圆、海燕等，均成为好友。我们偶尔一起吃饭，他们都学会了杨先生的做法——先起身默默买单。因为杨先生说过："父亲告诉我，哪怕口袋只有2元钱，请朋友吃饭也要主动买单。"这或许就是潜移默化的力量吧。

杨先生说，一个人的努力程度跟其所得到的报酬多少有着直接的关系。如果只是看着报酬做事，拿2000元的工资就只做2000元的事情，或许这辈子他/她就只能拿 2000 元，永远也不会有拿 3000 元、5000 元的时候。但如果拿 2000 元却做 8000 元的事，那么他/她很快就能拿到 8000 元。

杨先生曾说，如果明天我有事要去广州，那我一定会赶到。如果没有汽车，我就开摩托车；如果没有摩托车，我就踩单车；如果没有单车，我就走路；如果前面有河流挡道，没有渡船，我就游过去；哪怕累倒，我爬也要爬过去。

成功的道路应该怎么走？还是要靠自己。这也许是一个充满险阻或艰难困苦的过程，不过我始终相信苦尽甘来。追求成功与幸福的同时，我们自然需要付出努力与代价，两者相互转换兑现，幸福就是在我们努力创造的过程中体现出来的。

2012 年的仲明助学金颁发仪式主要由管委会和历届受助学子筹办。我是筹办负责人之一，碧桂园的飚哥一直协助我们。但由于我和仲明学子经验不足，加上下雨，工作进度缓慢，到深夜 11 点多了，布置会场以及准备素质拓展训练等工作还没有做好。没想到，这时杨姐过来了，她一直陪我们工作到最后……

在 2012 年的仲明助学金颁发仪式上，华南师范大学仲明学子林左说：

> 不曾想，自己也会参加这样一个活动，虽然见过不少类似场面，虽然明白其中蕴含的某种意味，但还是感觉到了如冬日里那一束阳光的温暖——
>
> 忘不了碧桂园工作者的专业、礼貌以及绅士风度，认真负责地带领我们认识周围环境、为我们安排食宿等。特别是饭堂阿姨主动关怀我们，让我们一定要吃饱。
>
> 忘不了大会议室的恢宏场面，灯光、摄像、演讲，无一不让人震撼。
>
> 忘不了杨先生的期许、陈总的教导，以及贺教授的理论分析。
>
> 忘不了富哥，每次见到他，他都是笑容可掬；你没有办法拒绝他的微笑，他的微笑让人倍感亲切。
>
> 忘不了冯老师，在活动前期准备时散发出来的气场，将整个混乱调整妥当。

忘不了义工团 MBA 团队教练毫不保留地教导我们要有团队精神、主动意识，以及学会分享的技巧。

忘不了学弟学妹热情配合地参与各项活动，主动尝试，积极接受挑战。

忘不了我的小伙伴们，心不设防，谈笑风生，大有风华正茂、挥斥方遒之势。

当然还有，每一个参与活动的人，包括我们的司机大哥，不管有没有记住他们的姓名，我都深深感受着他们传递的温暖。什么是正能量？这就是正能量！

所以，我是多么希望，仲明大爱，与你常在……

在这年的颁发仪式上，我获得了"仲明爱心大使"的牌匾。我清晰地记得，得了重感冒的杨先生在给我颁奖时对我说："我们已经是多次见面了，谢谢你的帮忙。"

2013 年 1 月 4 日，正是"201314"的大好日子，我收到碧桂园创立 20 周年的约稿函，上面有杨先生的签名以及"感恩、责任、幸福"六个字，封面还有碧桂园的那句企业使命——"希望社会因我们的存在而变得更加美好"。这让我内心受到了极大的触动：我觉得自己虽然水平及能力有限，但这些文字也正是我的心里话，是值得我毕生追求的。

我投稿的题目是《点点滴滴　贵在坚持》，后来文章刊登在碧桂园内部刊物《解码碧桂园》上。全文内容是谈谈我的"见闻"，结尾是这样的："这些年，我看到过碧桂园艰苦的探索，也看到了成功的喜悦；有风雨，也有风雨过后的彩虹。我相信有付出就有收获，感谢仲明助学金的帮助，感谢碧桂园朋友一直以来的热情支持！"

2017 年 11 月 19 日，仲明助学金迎来 20 周年。我偕全家和一众仲明学子及其家属参加"仲明 20 周年，我们一起回家"活动。一众家庭有幸和杨先生来一张大大的"全家福"。

时任中山大学副校长肖海鹏教授在颁发仪式上发言。他讲了自己与仲明的一段渊源：1997 年，还是学生的他获得过《羊城晚报》奖学金，后来才知道这是《羊城晚报》受仲明助学金的感染设立的奖学金。他如此评价仲明助学金捐助人："强烈的责任感和兼济天下的胸怀，堪称我国慈善领域的标杆和典范。"

时任羊城晚报报业集团党委书记、羊城晚报社刘海陵社长在颁发仪式上发言。他说："在慈善公益环境还不够完善的当下，不少企业家在进行慈善捐助时考虑最多的就是执行的效果。而仲明助学金托付《羊城晚报》20年，杨先生一诺千金，《羊城晚报》不负重托，这种信任和担当，为社会公益树立了楷模，是仲明助学金带给社会的又一笔宝贵财富。"

杨先生罕有地发言20分钟。他讲述了自己青少年时期的艰难岁月，谈到自己苦难的母亲，更是几度哽咽。"我在18岁之前都没有鞋和袜子，冬天、下雨天都是光脚去上学。我的脚后跟有一条又长又深的口子，一到冬天就会裂开，流血。每次上学走在那条泥泞的路上，回头一看，一路上都是我流的血。"虽然如此，杨先生一直坚持学习不放弃，"到了学校，我就到小河边把脚洗干净，再进去上课。"成功之后的杨先生依然保持着简朴的习惯，"我有一次去日本出差，在机场非常口渴，可是看到一瓶可乐要20港元，我想了想，自己做泥瓦匠时一天工钱才5毛，一个月才赚15元。虽然我那时有200万了，但20港元的可乐还是太贵了，我就忍住没有喝"。

看到台下不少仲明学子露出惊诧的表情，杨先生告诫仲明学子们，树立正确的人生观和价值观，才是成功的关键。"我曾经和清华、北大的校长们聊过，为什么有的人天赋好、够拼搏却也不能成功？有的人很聪明，看到利益就想去拿，那别人会怎么看他？没有正确的人生观、价值观，他们就没有发挥天赋的机会，是社会不给予他们机会。"杨先生少有地谈论起成功，分享自己的人生经验，"不要只考虑眼前的利益，要考虑一辈子的利益和机会"。

2021年，广东省仲明助学志愿服务促进会注册成立，办公地点设在碧桂园总部国强公益基金会，于是我跟杨先生接触的机会多了一些。

杨先生相信他的成功可以复制："我出生在农村，也曾很贫困。开始工作时做了泥瓦匠，一门手艺改变了我的生活，我以汗水和技艺执着地追求自己的梦想。"

归结杨先生的发言有如下要点：

节俭：尽管在20世纪90年代身家只有200多万，却匿名捐资100万助学，而他自己在日本出差时连一瓶20港元的可乐都舍不得买。

感恩：杨先生一开始就说感谢党，感谢国家，感谢社会给予他的一切！同时他也把得到政府免除7元学费及给予2元助学金的那份爱，通过仲明助学金的形式回馈给社会。

朴实：杨先生说自己没上过大学，没怎么出席过大型活动，也不太会说话。作为一个成功的企业家，他毫不避讳这些。

孝心：提起仲明——母亲的名字，杨先生禁不住流泪，曾经的酸楚使他几度哽咽。为了纪念苦命的母亲和那些艰难岁月，他把这份孝心藏进了仲明助学金。

2022年初，中国房地产行业处于低迷时期，但国强公益基金会捐赠仍按期进行。原来9月份到账的仲明助学金捐赠，4月份就提前到了。

我在仲明助学金颁发仪式上发言

近芝兰者久自芳。与杨先生认识越久，越觉得高山仰止，景行行止，虽不能至，心向往之。

因为缘分，感恩遇见

因为有缘，所以相遇；因为有份，所以相聚；
因为缘分，我们一起携手，抒写无言的爱。

25年里，在捐助人与受助人之间，仲明助学金传递的是爱心和道义，是责任和心灵的感动。获助的仲明学子以不同的方式践行公益、回报社会。

1998年，仲明在我最无助的时候温暖了我，点亮了我的人生长路。之后，仲明伴我成长，陪我在公益之路上走了20多年。我庆幸遇见仲明，庆幸遇见了仲明助学金管委会的许多领导、前辈、老师。他们是我人生路上的指路明灯，也是我公益路上的良师益友。如果没有仲明助学金及国家助学贷款，我现在或许是另外一个人，但恐怕不是我喜欢的那一个。

（一）

2014年11月，《羊城晚报》在头版以《我在中大遇见你》为题，报道了中山大学90周年校庆。我读后思绪久久难以平静，忽然想起了自己与中山大学的许多故事。

我曾经的梦想，就是考上中山大学。但是高考那年，我因20分之差落榜中山大学。不过，因为仲明助学金，我又与中山大学结缘了。1998年，我来到中山大学参加仲明助学金颁发仪式，第一次领略了中山大学的"博学、审问、慎思、明辨、笃行"。

2006年初，由于仲明助学金管委会的日常管理工作已从羊城晚报社转至中山大学，由专人负责。我多次来到中山大学，和时任学生处漆小萍处长、韩海涛老师等商议仲明助学网站事宜，并加入中山大学仲明助学金管委会志愿服务行列，协助管理工作。

2007年，仲明助学金创立10周年，中央教育电视台来中山大学拍摄，我借用漆处办公室拍摄《我和仲明的故事》。

2009年，仲明助学金颁发仪式在中山大学举行，我全程参与。

2013年，仲明公益研究中心在中山大学正式成立，我被邀请担任研究中心副主任兼仲明公益动力营指导老师……

就这样，20余年来，因为仲明，我一次次地与中山大学相遇，并深深地爱上了这所百年学府。

2006年12月5日我在中山大学贺丹青堂发言

（二）

作为仲明助学金管委会的负责人，《羊城晚报》原副总编辑、原总经理陈心宇老师默默付出，陪伴仲明慈善事业20多年，一路走来，见证了一万多名学子的成长。仲明助学金能坚持到今天，除了倡立者杨国强先生外，最重要的推动者、奉献时间最长的人，就是陈老师。她为之倾注了太多的心血。仲明助学金创立前10年的媒体报道，几乎都是由她采写的。我因仲明助学金与陈老师结缘。

1997年，仲明助学金在羊城晚报社刚筹备成立的时候，陈老师就受报社委托专门负责这项工作。其间，她做了大量工作，比如到教育厅、高校深入了解和请教各种助学金的设立和管理方法、运作模式等。

之后，陈老师和管委会的同事们又从零开始，将各高校学生处的老师专家们传授给他们的经验，一点一滴地运用到仲明助学金的管理工作中。

而且，他们深受捐助者的感染，默默做事，低调不张扬，一丝不苟、坚持不懈地做好仲明助学金的管理工作。为了了解各高校对助学金的需求情况，陈老师曾组织了一个十多人的小组，分别深入各高校进行调查研究。然后，按照经济困难程度，将助学金分为特困与贫困，并将名额分配到各高校。

作为众多仲明受助者中的一个，1998年我与陈老师在中山大学举行的仲明助学金颁发仪式上见了面。她可能对我没什么印象，但我却深深地记住了她。当时，她作为仲明助学金的负责人，站在讲台上，深情地讲述着仲明的故事，希望我们牢记仲明精神——"受惠社会，回报社会，让爱薪火相传"。

作为受助者，我们当时最希望的就是知道捐助人是谁，以表达感恩。但那时捐助人不愿公开身份，所以我们每次参加助学金颁发仪式，见得最多的领导就是陈老师。她经常代表助学金管委会与我们面对面地交流，这大大增进了学子们与仲明助学金的情感。我们受助学子每年都会给心目中的恩人（捐助者）写一封感谢信，也都是通过陈老师转交。她就像一座爱心桥梁。

2003年，我作为仲明受助者被邀请到中央电视台《实话实说》节目做嘉宾，自此就常与陈老师打交道了。因为我所做的许多有关仲明助学金的公益活动，都需要得到管委会的批准，所以经常需要与陈老师沟通。在陈老师的悉心指导和关怀下，我也学到了很多助学金的管理方法、举办公益活动的经验等，尤其是陈老师对仲明公益事业的执着以及对所有仲明学子的深情关怀和诲人不倦，让我仰之弥高。

2007年，仲明助学金捐助者杨国强先生的身份被公开后，陈老师由于工作繁忙，加上当时仲明助学金的日常管理已从羊城晚报社转至中山大学，需要重新设立管委会，所以她就不再参与仲明助学金的一些具体工作，但作为仲明助学金管委会的主要负责人，她依然关注和牵挂着这份公益事业，依然坚持亲自主持每年的颁发仪式。

2007年，我和陈老师一起出席《羊城晚报》主办的在广东外语外贸大学举行的"感恩创造社会财富"论坛，结束后，她还到我家看望我的大宝。走进仲明大家庭，大家就像走进一个洋溢着正能量的世界，一个充满热情和温暖的世界。在这里，大家会遇见不同的人，会有着同样的梦，会为了共同的目标而努力拼搏，会带着满满的收获开始人生逐梦的飞翔。

记得2012年11月,仲明助学金创立15周年,陈老师在颁发仪式上说:"回顾这15年的经历,我颇为感慨,我在为'仲明'服务的同时,'仲明'也在影响着我,做慈善可以让人的心灵得到净化,那是一个更高的人生境界……"她的这句话让坐在台下认真听讲的我深受启迪和感染。

2016年,陈老师从羊城晚报报业集团退休了,但她对仲明助学金和仲明学子们依然关爱有加。此后每年的仲明助学金颁发仪式,她也都热心参加,并发言讲述仲明的故事。

陈老师即将退休的时候,我到羊城创意园里的陈老师的办公室拜访她,和她一起整理20多年来仲明助学金的珍贵资料。看看一张张褪色的受助名单,读读一份份感人的原稿,聊聊一个个仲明学子的故事……在《羊城晚报》创意园"中央车站"站台,讲不出再见,别有一番滋味在心头。

20多年前的传真资料几乎完全褪色了,但爱不会褪色,不会停止!

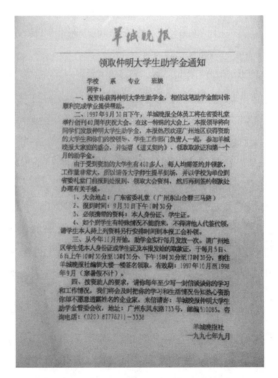

《羊城晚报》领取仲明大学生助学金通知

（三）

韩海涛老师曾是仲明助学金管委会的专职负责人。2005年仲明助学金从羊城晚报社转至中山大学后，韩老师开始接手日常管理工作。

但是我与韩老师的交往只有短短三年多时间。2009年7月的一天，我接到韩老师的电话，她说她已在机场，准备坐飞机去内蒙古大学工作了。我当时听了，心情顿感失落，真的非常怀念与她共事的日子。而两周前，我听说因为她的爱人（一位年轻的博士后）工作调动，她也跟着一起调走，去遥远的内蒙古。

从韩老师到中山大学仲明助学金管委会工作开始，我们就一直保持联系，一起努力做好助学金管理工作。曾几何时，我们一起多次到羊城晚报社、碧桂园总部研究助学金发放方案，多次一起筹备助学金颁发仪式，并先后到广州美术学院、中山大学、顺德国华纪念中学等参加助学金颁发仪式……

她真是一位非常敬业、非常关心经济困难学生的好老师。

我原本计划组织一些仲明学子为韩老师送别，但是由于单位的临时工作安排，我连续通宵达旦地工作，实在忙不过来；也没想到韩老师工作调动这么快，在此只能表达歉意了。

韩老师离开后，接替她工作的是黄娜老师。黄老师也非常敬业，特别认真。我们经常在一起讨论有关仲明助学金的工作事宜，尤其是筹备助学金颁发仪式。

黄老师在仲明助学金管委会做了三年，因工作岗位变动，被调走了。接替她工作的是冯燕梅老师。

（四）

20余年来，在仲明助学金管委会，像陈总、韩老师、黄老师、冯老师这样的领导、前辈、老师还有不少。

记得2013年春节，我和部分仲明学子前往原羊城晚报工会的陈元恒老师家拜年。陈元恒老师曾在1997—2006年间义务为仲明助学金服务10年，和广大仲明学子建立了深厚的情谊，我也是陈元恒老师"看着成长起来的"。陈元恒老师退休后，仍非常关心仲明助学金的发展。

拜年那天是大年初五，我们第一次来到陈元恒老师家。他依旧住在天河区体育西路附近的单位宿舍，家里装修非常简单；而且没有电梯，又是9楼，每天爬上爬下，对于一个老人来说真是不容易。他的衣着还是那样朴素，人依然和蔼可亲。

我们向陈老师汇报了仲明助学金的发展现状、取得的成绩以及面临的一些困难。陈老师给我们提出了许多宝贵的意见，拨云见日般解决了我们的很多困惑。临别时，陈老师还语重心长地叮嘱我们一定要把仲明助学金的工作做好，切实帮到成绩优秀的家庭经济困难学子。

2017年仲明助学金创立20周年前夕，我带领管委会的冯燕梅老师去拜访早已退休的原羊城晚报工会的王淑华老师。时隔多年，王老师依然对仲明助学金念念不忘，一直牵挂着我们这些仲明学子。

时光漫溯，落花无声。我很庆幸，因为仲明，遇见了那么多公益事业上的恩师。他们就像太阳，让我感到温暖，感觉不孤单。他们都是恪尽职守、任劳任怨、富有爱心、乐于奉献的仲明大爱传承者，让爱薪火相传，生生不息。

道义契约

道义契约不是束缚，而是一份迎难而上的信心与勇气！

给予静水流深般爱的，是岁月长河中永恒的传承者。

1997年4月21日，一位衣着普通的先生来到了羊城晚报社。接待他的是曹淳亮社长，还有著名专栏评论家微音先生、社委会委员陈心宇老师、社委办公室副主任黄常开老师。当这位先生用满口顺德话做完简单的自我介绍后，大家这才知道他是碧桂园的老板。当时，虽然碧桂园和杨国强早已名声在外，但杨先生本人很低调，从未接受过记者采访，没有在媒体露过面，所以很多人只闻其名不识其人。

随后，杨先生和盘托出，讲了一套"前所未有"的助学计划："成立大学生助学金后，每年以个人名义出资100万元。这笔钱属于帮助性质，属于社会帮助，所以每一个受助的大学生应予回捐。所有回捐的钱，再用来资助别人，我就是希望受助的大学生能凭良心回报，知恩图报，以帮助更多人，希望被资助者将来都成为资助者，让大学生们成为真正对社会有奉献、有道义及能献爱心的人。我们提倡社会有爱心，又提倡受人帮助后能回报社会。"杨先生认为，由羊城晚报社来管理这个助学金最合适。杨先生还表示，自己只有两个要求：第一，不能让任何人知道是他捐资成立的这个"大学生助学金"；第二，要与每名被资助者签一份《道义契约》。

杨先生的想法，在当时可谓独树一帜，在场的人都很惊奇。而让大家更为惊讶的是，杨先生说完就立即随手拿出支票，写上100万元，签上大名，交到曹淳亮社长手里，并风趣地说："只要我不破产，以后每年都会拿出不少于100万元来。"这张突如其来的百万支票，既是沉甸甸的爱心，也是巨大的信任。面对这笔巨额资金，几位羊城晚报人一下子都愣住了，深感责任重大。

由于不想让外人知道，因此杨先生用母亲的名字"仲明"来命名这份独特的助学金：一是为了把母亲传递给自己的那些善良和爱，传递给更多优秀的经济困难大学生，寄托他对母爱的感恩与怀念；二是他觉得母亲特别平凡，已经去世多年了，几乎无人知晓，用他母亲的名字命名也是很好的保密方式。

至于那份《道义契约》，看似对受助者有一种"约束感"，但只要是善良、有爱之人，就会深深地明白，其中浸透着捐助者无比宽广、长远的真情大爱。正因如此，羊城晚报社很快就成立仲明助学金管理委员会，并委派陈心宇老师为助学金的负责人。为了替捐助者高度保密，除了那天接待杨先生的四位羊城晚报人外，此后十年，管委会的其他工作人员都没有见过杨先生，所以也就没有人知道助学金的捐助者是谁，让人感觉十分神秘。

为了将杨先生的爱心落到实处，把善款用到真正经济困难且优秀的大学生身上，仲明助学金管委会负责人陈心宇老师十分用心。她在报社长期从事新闻一线采编工作，对高校助学金的管理运作全然不知，压力非常大。但她肩负使命，不遗余力地四处请教学习如何管理助学金，不断走访教育厅、约请高校学生处助学负责人，并一次次地召开座谈会……一番功课做下来，陈心宇老师对助学金的管理有了初步认识：原来管理一项助学金是一项非常复杂的工作，仅有爱心是不够的，需要做的事情太多了。1997年9月，仲明助学金管委会发放了第一批助学金。来自广东22所高校的数百名经济困难大学生接受了仲明助学金的捐助，并都签下了那份独特的《道义契约》，每个受助者在签字时都神情庄重。

当时，杨先生虽未在场，但他以"仲明助学金倡立者"的名义，给首批接受资助的学生写了一封信。在信中，他就像长辈一样，用非常朴实的语言，和同学们说了一些心里话。他讲述了自己年少时期的困苦，称自己也曾经一无所有，今天事业小有成就，主要得益于国家和社会各界的帮助。

从那以后，每年的金秋季节，仲明助学金管委会都会按时收到杨先生的100万元善款。最初的两三年，都是管委会请受助者亲自到羊城晚报社领取。选定的日期都是周末，每到领款日，工作人员总会放弃休息时间，准时在报社大堂等候。在发放前，财务人员也一定会逐一核对数百名学生的名字和款项，将资助款一一装进信封，按高校分好。这些事无巨细的工作，确保了助学金发放到位。

有言道：你若盛开，蝴蝶自来。最初的仲明助学金，就像幽谷中的山花，悄悄地绽放着，纯洁而羞涩，寂静而清芬。但她吐露出来的那一抹芳香，终会引来蝴蝶。

1999年6月，仲明助学金刚创立两周年，仲明助学金管委会负责人陈心宇老师就被邀请到中央电视台，以特邀嘉宾的身份参加了《实话实说——受助与捐助》节目录制。该节目从一位老人的助学遭遇谈起，说老人节衣缩食13年，出资数万元资助40多名经济困难学生，其中有十名大学生，但是那些学生在接受资助以后，有的从未露面，有的甚至连一封信或一个电话都没打过。当时这件事影响很大，还引发了一些关于道德的讨论。

在节目中，三位特邀嘉宾和现场观众的发言，并没有从道德的层面指责那些受助学生，而是着重讨论捐助与受助的恰当方式。陈心宇老师在节目中分享了仲明助学金的《道义契约》模式，大家几乎一致赞成这种捐助方式，因为它有个最大的优点——以社会契约的形式，促使一种道义行为产生相应的道义后果。

陈心宇老师认为：《道义契约》相对于强制的规定，更能导人向善，一诺何止千金？在生命历程中，承诺他人就等于承诺自己，承诺是勇敢地面对，也是对责任的坚守，更是每个人不可放弃的尊严。

后来，仲明助学金又多次受到中央电视台的关注，《给我一双翅膀——新长城资助特困大学生特别节目》《半边天·张越访谈》《实话实说》等节目，分别对仲明助学金管委会代表、受助学子及其运营模式进行了全方位的访谈报道。这些都说明，仲明助学金的创立和执行，不仅感动了很多人，而且其独特性、创新性引起了社会的关注，并推动了社会公益事业的发展。

管委会档案清晰地记录了收到的第一笔回捐款：1999年，当时还在校的中山大学生命科学学院学生赵贵军，将自己勤工俭学挣来的收入回捐了1500元助学金。2001年夏，第一批受仲明助学金资助的大学生毕业了。令人意外的是，一些受资助的大学生毕业后就将第一个月的工资回捐受助款。仅半个月的时间里，管委会就收到了21人回捐的16450元。到10月底，管委会又收到了回捐的3万多元。这让杨先生和管委会的工作人员非常欣慰。西江大学（现肇庆学院）数学系的毕业生黄胜，是仲明助学金的首批受益者，也是毕业后的第一个回捐者，他将第一个月的工资加奖金共计800元，加上借的200元，总共1000元回捐了。还有从广东职业技术师范学院（现广东技术师范大学）毕业的黄秀琼，毕业后在南海一所中学任英语教师，月收入只有 900 元。她上班的第一个月，就把当月的全部收入寄到了管委会；还写来感谢信说："对那位不留姓名的大恩人最好的感恩，就是自己有能力了也去资助更需要资助的人。助困的金链在延伸，但延伸的又不仅仅是金钱。"

另外，韩山师范学院的一个女大学生，曾经因为家里非常困难，每月得到 300 元仲明助学金。心地善良的她，竟把受助的 300 元分成 5 份，给同样困难的另外四个同学每人一份。还有一个女学生，毕业后每月工资才 800 多元，可她硬是在一年中攒了 5000 元，一次性回捐了两年中接受的仲明助学金……这些仲明学子们回报社会、关爱他人的行为，或许微不足道，却让人看到了善良的力量，看到了杨先生的爱心正在一点一点地开始传递。

仲明助学金管委会将用收到的回捐款设立仲明特别助学金，并增加了受助名额。领取仲明特别助学金的学子收到了双份爱心：一份是企业家的，一份是仲明师兄师姐的。

在此，也温馨提醒仲明学子们：当你们拿起手中的笔，签署《道义契约》的那一刻，请牢记，一诺千金，要将今天的受助内化为自己人生道路上的一份责任，铭记承诺，磨砺意志，奋发进取。

"受惠社会，回报社会，让爱薪火相传"，是仲明学子铭记于心的公益理念。正是这份《道义契约》，暗暗激发了众多仲明学子的良心觉悟和自愿行为。因为，人心总是向善的，人间总是有爱的。事实也证明：25 年来，在杨先生的影响和《道义契约》的感召下，已经有越来越多的学子将爱心薪火相传。仲明助学金通过《道义契约》的模式，促进了公益的良性循环，让慈善没有终点，让爱心可持续。让我们接住爱的火炬，并将它传给更多的人，让他们点燃希望，放飞梦想！

（参考资料：仲明助学网：www.zmzx.org）

仲明助学金走过的岁月

大学之道，在明明德，在亲民，在止于至善。

——《礼记·大学》

2007年11月3日，在广州增城碧桂园凤凰城酒店，"2007年度仲明助学金颁发仪式暨仲明助学金创立十周年纪念活动"隆重举行。仲明助学金捐助人杨国强先生首次在颁发仪式上讲话，他终于从幕后走到了学子们的面前。在过去的十年间，由于不愿公开真实身份，因此杨先生每次只能以书信的方式与我们交流。他的每封信犹如家书，对我们谆谆教诲，感人至深；在每一次助学金的颁发仪式上都会通过主持人的宣读，激励着莘莘学子。慈善秘密被揭开后，杨先生坦言，正是朋友说的"可以感染更多的人，可以为更多的人树立一个'榜样'，可以更好地践行您的责任"那席话打动了他，所以他才选择不再匿名。所以，这次借仲明助学金创立十周年之际，杨先生特意写了一篇致辞——《为中华之富强而努力》，并在台上与我们面对面交流。杨先生在致辞中称："这是我第一次以明确身份给你们写信。感谢《羊城晚报》及仲明助学金管委会的朋友们为我保守了10年秘密，这个秘密在前一段被公开，打动我的是'责任'二字，我们都是中华民族的一分子，有能力时都应为我们中华民族的复兴而努力。希望通过这次公开能让更多的人参与、传承，去践行责任。国家现在还不够富强，还有人因经济困难而艰难前行，我希望能用这种更有意义的行为来怀念我苦难而善良的母亲，希望中国能少一些母亲为子女的学业而愁苦。10年前，我有能力为社会做一点事；今天，我能力大了些，我会做更多……"杨先生的发言充满了对我们的深切关爱，引起了雷鸣般的掌声。

从2005年开始，仲明助学金管委会的日常管理工作从羊城晚报社转至中山大学，并委托专人负责管理。时任中山大学党委副书记、副校长李萍教授，在台上代表各高校，向杨先生赠送了一块写着"助学立德、大美不言"的牌匾，深深地感谢他10年来隐藏在仲明助学金背后的默默的无私奉献。从那以后，尽管工作越来越繁忙，但每年的仲明助学金颁发仪式，杨先生都会抽空参加。不仅因为仲明助学金是他的第一个公益项目，更因为这个以他母亲命名的慈善项目，倾注了他太多的心血和期望，也承载着他对仲明学子们深深的牵挂和关爱。

在2011年的仲明助学金颁发仪式上，杨先生又洋洋洒洒地写了一篇三千余字的致辞——《希望社会因我们的存在而变得更加美好》："……我觉得在座的各位同学，你们接受社会的一点帮助，我也不觉得应该始终想着怎么样去报答。做慈善，对我来说就像呼吸一样自然……我相信你们的明天应该会更好，我觉得在座的你们明天对自己肯定会有更多要求，让自己去努力，这样才可能有明天的辉煌和出路……"

在整篇致辞中，杨先生通过自己的经历和感受，从成功、勤工俭学、读书、教育、慈善、人生追求等方面，语重心长地给予我们关怀和指导。

2012年12月2日，仲明助学金颁发仪式暨十五周年纪念活动在广东省顺德碧桂园学校举行。此时，一大批当年受助的大学生，也开始践行"受惠社会，回报社会，让爱薪火相传"的仲明理念，走上了公益慈善的道路。时任中山大学党委副书记李萍教授在颁发仪式上发言，她说十分敬重仲明助学金捐助人，理由有三个：第一，他有一颗朴实、善良、感恩的心；第二，他是现代公益的典范，提出《道义契约》，让公益事业传递下去；第三，他在事业有成的同时，为教育、扶贫做出卓越贡献。李萍教授认为其最大的成功莫过于通过《道义契约》建立了一种非常符合社会伦理精神的公益模式，它不仅帮助大学生顺利完成学业，更培养了大学生的社会责任感、道义精神，鼓励他们积极奋斗，并在有能力的时候加入到助困行列中来。

杨先生在发表题为《为爱走过十五年》的致辞中说："当初与《羊城晚报》社的领导在报社小餐厅商量仲明助学金运作的情景犹历历在目。当时，我也只是一个小有成就的企业家，不求名不求利，只是感觉自己有能力帮助别人了，就将自己的一点积蓄拿出来成立了这个助学金。同时，我希望这笔钱能产生更多的作用，于是有了《道义契约》的想法。时至今日，我仍然觉得这个做法是符合公益事业发展方向的——引领向善，可持续地凝聚社会爱心力量……"

的确，无论是杨先生本人，还是仲明助学金管理委员会的工作人员，一直在坚守着"引领向善，可持续地凝聚社会爱心力量"这个初衷。我们仲明学子也谨记《道义契约》，在有能力的时候回捐助学金，让这笔基金不断增加，以帮助更多的人。在仲明精神的感召下，许多事业有成的学子也开始成立自己的助学基金，亲身投入公益事业。

杨先生一向为人低调，总是谦虚地说："我的这点小善举微不足道，只算是沧海中的一粟。"① 仲明助学金也秉承了这一特点，但这丝毫没有影响社会对仲明助学金的关注，以及对杨先生本人的赞许。尤其是杨先生的慈善秘密被公开后，仲明助学金的社会反响就更大了。曾有媒体这样评述杨先生和仲明助学金："这位善良的民营企业家，是个最善良最聪明的道义引路人。""一个人做点好事并不难，难的是10年不曾留名，难的是一辈子做好事；同样，一个人做好事不难，难的是让大家都来做好事。"

这种反响和传播力，对仲明助学金的发展无疑是有益的。特别是捐助人杨先生从幕后走到台前，使越来越多的仲明学子和社会爱心人士加入仲明助困行列。2007年5月，《羊城晚报》曾以仲明助学金为题材，在广东外语外贸大学举行了一场名为"感恩创造社会财富"的沙龙。我作为特邀嘉宾参与现场讨论，一位受助者当即掏钱回捐的突然举动震动了现场。

当然，仲明助学金的《道义契约》模式能够一步步地实现，最离不开的是管委会工作人员以及仲明志愿者和爱心学子们的共同努力。这一切，都是为了不忘捐助者杨先生的初心，牢记仲明助学金的使命。

近些年来，随着时代的发展，越来越多因仲明助学金的帮助而发生人生转折的仲明学子们开始通过自己的方式，为社会筑起一座座诚信丰碑。

更令人欣喜的是，仲明助学金的精神和理念也感动了社会上的企业和组织，汇聚了越来越多的爱心：从2012年起，深圳再成长企业管理咨询有限公司连续十年免费为仲明学子开展素质拓展活动；从2013年起，顺德女子高尔夫球协会和顺德碧桂园基督教会，连续多年每年捐赠仲明助学金；从2013年起，包括樊登读书创始人在内的数十名培训界的优秀导师深受感召，每年免费为仲明学子开设"导师讲堂"活动……

面对这些成绩，仲明助学金管委会杨从容总监说："多年的努力，让我们感到慈善之路不易之余，也收获了进步和欣喜。越来越多的社会团体和个人关注和投入仲明的工作，提供各种经济、物资或其他方面的支持。这正是杨国强先生设立仲明助学金的愿望——引领向善，可持续地凝聚社会爱心力量。"

---

① 见《做这么点事，不值多提》，1997年7月11日《羊城晚报》头版报道。

而杨先生对仲明助学金的发展也越来越乐观，他说："我很高兴地看到，许多受助于助学金的学子完成学业，走向了自己的工作岗位。我更欣喜地看到，许多学子以诚信的态度面对《道义契约》，在有能力的时候，回捐了助学金，让这笔基金不断地增加，帮助更多的人。最让我欣慰的是，在仲明精神的感召下，许多事业有成的学子也开始成立自己的助学基金，亲身投入公益事业。当然，也有部分同学现在还没有能力回捐助学金，但我相信有朝一日，他们会以实际行动来证明自己。我创立仲明助学金的期望和初衷必将实现！"

2018年11月11日，2018年度仲明助学金颁发仪式在顺德碧桂园总部举行。仲明助学金创立者杨国强先生、仲明助学金管委会负责人陈心宇老师等领导嘉宾，和来自广东20所高校553名新受助仲明学子，以及义工团导师、仲明志愿者等600余人参加了本次颁发仪式。"不要怕吃苦，任何事都做到最好，慢慢积累自己的才能，最后总会成功。"这次，杨先生依然用朴实的言语勉励我们，令我们深受鼓舞与感动。

至今，仲明助学金惠及的高校总共有23所：中山大学、华南理工大学、华南农业大学、华南师范大学、广东外语外贸大学、广东财经大学、广州医科大学、广东工业大学、广州中医药大学、暨南大学、广州美术学院、仲恺农业工程学院、广东药科大学、广东技术师范大学、广州大学、嘉应学院、韶关学院、韩山师范学院、肇庆学院、佛山科学技术学院、广东警官学院、广东司法警官职业学院、南华大学；从2022年起，仲明助学金的资助范围首次扩大到广东省以外的高校，增加了湖南省的南华大学。

一直以来，仲明助学金都在倡导"受惠社会，回报社会，让爱薪火相传"，并逐步发展为多元化的资助育人模式；除了提供经济资助外，每年还通过举办颁发仪式、素质拓展、导师讲堂等活动增强仲明学子之间的联动；还通过校友分享、学子交流、志愿服务、公益微创投大赛等形式给予学生物质和精神上的双重帮助，激励仲明学子自强自立、奋发进取、感恩奉献。

由我牵头，广东省内22所高校也纷纷成立了仲明志愿者服务分队。仲明学子间互相交流、互相学习的氛围浓厚，并经常组队开展公益活动，服务社会。仲明为我们的梦想助力，我们又身体力行地加入扶贫助学的仲明志愿者队伍，为更多经济困难学子的人生梦想助力。

2021年,在共青团广东省委员会的指导下,广东省仲明助学志愿服务促进会正式成立。仲明助学金未来的道路将会更加广阔,仲明的温暖将不断传递。仲明促进会的成立,是仲明梦想的又一个里程碑,承载着仲明助学金创始人的期望,激励着更多仲明志愿者和仲明学子,凝心聚力,踔厉奋发,逐梦前行。

25年里,1.25万名家庭经济困难大学生在仲明的关爱下完成学业,成长为各行各业的中流砥柱。我们在为美好生活打拼时,也能感受到来自仲明这个大家庭的关爱。每年一度的仲明助学金颁发仪式,是历届仲明学子们欢聚一堂的日子。听说哪个学子家有喜事,我们都会结伴凑份子喝喜酒。在仲明的"朋友圈"里,我们找到了一生的老师、朋友乃至爱人。

25年来,仲明真正做到了让爱薪火相传,仲明坚持25年传播大爱,更是起到了公益灯塔的效应,感召了成千上万的青年学子和社会爱心人士投身公益的接力义举。一代代仲明学子茁壮成长,逐渐成为社会栋梁,一代又一代仲明学子追随慈善榜样,在各个领域发挥了积极的作用,成为广东的骄傲。

25年前,杨先生悄悄种下的这颗善良、助人、感恩、奉献的种子,在经过生根、发芽、开花、结果的漫长历程后,其独特的芳香传遍南粤大地,惠及更多学子,让更多的人继续传递仲明大爱……

2　公益活动

公益路上,从受助到助人,爱心绵延不绝,点滴汇成大海。

一纸道义契约,纸短情长,传递着道义力量,道义力量感召着众多仲明学子以不同的方式投身社会公益,热心志愿服务,传承仲明助学精神。

由受助者到爱的传播者

我是幸福的，因为我爱，因为我有爱。

——白朗宁

仲明之路是爱之旅，播撒爱的种子，传递爱的温暖，收获爱的奉献。

在爱中行走一生的德兰修女曾说过："爱的美果，不只是结在接受者的枝上，同时也充盈地结在给予者的枝上。越是给予，越是丰富有余。"

25年仲明大爱之路，一路感动，一路成长，一路温暖，一路阳光。从创立者最初的善念开始，到今天越来越多的接受者和施予者参与其中，无论施予或接受，无一不是在爱中行走，以爱播种，以感恩收获。最让我们感动的是，如今许多施予者都是曾经的接受者，我们成为施予者所施予的，相比我们作为接受者所接受的，是更丰富的收获。这，就是爱的神奇之处，爱的力量所在。

仲明之路，继续向前。

2012年，我担任仲明志愿服务队总队长，应仲明助学金管委会邀请，参加2013年广州增城凤凰城睦邻社区的公益演出。经过前期筹备，我们的节目选定为朗诵加手语配合唱《把爱传出去》。演出成员来自广州地区十多所仲明助学金受惠高校的仲明学子。由于是仲明志愿者第一次参与大型演出活动，我们想把节目做得有声有色，因此大家建议我带头参演。前期的演出排练，小伙伴们提前对着视频排练，并"训练有素"。到了集中训练时，除了我，其他人都很熟练了。我只好在家抓紧排练，读小学的大宝也在一边跟着凑热闹。到了现场彩排的那天，大宝跟我一起去。现场的总导演看到大宝的动作不比其他人差，便突发奇想让他也参演，并且站在合唱队伍第一排的中间位置。由于准备充分，这次社区演出很成功，1000多名来自全国各地的业主观看了演出。

往后的日子里，我经常在仲明相关的公益活动中积极组织策划文艺表演活动，成为一名"文艺活跃分子"。

2017年，仲明助学金创立20周年的颁发仪式在碧桂园总部凤凰影厅举行。凤凰影厅是一个日常电影放映场所及碧桂园集团各种大型活动的举办地，配有巨幕LED及一流的音响设备。我们策划了一场以母亲为主题的文艺汇演，百忙之中过来看望仲明学子的仲明助学金创立者杨国强先生，整整一个下午都在现场观看，看到精彩部分，甚至动情落泪。

凡事就怕"用心"二字。这些年来，我从文艺活动的绝缘体成为舞台演艺的常客，其中的成长历程是我这一路走来的缩影。其实，对于我来说，文艺表演只是个小舞台，传播大爱才是我人生最大的舞台。

近些年，仲明助学金颁发仪式不断创新。它通过向新一届受助仲明学子介绍仲明助学金，让仲明学子们了解仲明助学金的起源；通过签订《道义契约》，让仲明学子们深刻理解仲明助学金"受惠社会，回报社会，让爱薪火相传"的助学理念；通过分享仲明榜样的故事，激励仲明学子们前行；通过素质拓展，拉近仲明学子间的距离；通过导师讲堂，提高仲明学子们的综合素质；通过文艺晚会，展现仲明学子们的风采……颁发仪式内容越来越丰富，越来越精彩。

汇聚慈善力量，助力乡村振兴，共建幸福家园。2021年12月12日，由广东省民政厅指导的2021"南粤慈善 公益同行"主题活动年会在广州阳光酒店国际厅举行。活动由广东省慈善总会、广东省社会组织总会、广东省扶贫基金会、南方财经全媒体集团主办，多家单位联合主办及承办。主办单位、联合主办单位领导，慈善公益组织、爱心企业、慈善社区、爱心家庭代表及嘉宾共300多人出席活动，近60万人在线观看新华网活动直播。

我代表广东省仲明助学志愿服务促进会受邀参加"助力乡村振兴 共建幸福家园"爱心朗诵：

  无悔的青春　让梦想高飞
  爱的轮回　照亮公益的路碑
  24年
  22所高校
  1.2万名大学生受惠
  仲明公益助学、励志讲堂、企业体验……
  让青春励志成长
  我们擎着爱的火炬　化作一个个灯塔

> 让爱回家　守望每一个春冬秋夏
> 感党恩，听党话，跟党走
> 乡村振兴，我们传递慈善力量
> 共同富裕，我们携手共创明日辉煌

为公益屡登舞台，真情演绎，感动了线上线下的善长仁翁，活动共筹得善款7000多万元！

当天活动，我刚好遇到以广东省青少年发展基金会理事长身份参会的李萍教授，她鼓励我要把仲明精神发扬光大，要把仲明助学金的《道义契约》做成现代公益的典范。

2022年8月17—18日，我带领仲明促进会的小伙伴们，先后拜访广州市乐善助学促进会（简称"乐助会"）、毕业后公益基金、恤孤助学会、麦田公益等著名公益慈善机构，收获满满。这些公益组织的创始人都有着自己的理想与价值追求，他们凝聚了一群志同道合的公益追梦人，开展助残、救孤、济困、助学等各种形式的爱心公益活动，通过公益服务频繁活跃在城乡各地，善心帮困、奉献爱心、传递希望。

我们一起交流公益路上的探索经验，都认识到"不积跬步，无以至千里；不积小流，无以成江海"的道理。我们也学习交流公益组织的内部建设、品牌项目管理等。有幸见到曾获"中华慈善突出贡献（个人）奖"的恤孤助学会老会长王颂汤。近两个小时的交谈，我被他深深感动！虽然80多岁高龄，但是每一个项目他都如数家珍，每一个数据他都记得清清楚楚，秉持"好事做好"的思想，用"工匠精神"去做"现代慈善理念的传播者，现代慈善行为的服务者和现代慈善事业的探索者"。王老会长曾一次次对受助的孩子说："出生在贫困家庭不是你们自己的选择，你们没有责任……只希望你们长大了成为合格的社会公民，不要伤害这个在你们最困难的时候曾经帮助过你们的社会……"

是梦，就去圆；是爱，就去坚守！

公益路上，我们携手共进！

滴水缘情

以阳光的名义传递爱

爱是美德的种子。

——但丁

我们是在善意中成长的仲明学子，而今我们来将这份善意传递。因为爱，我们穿了一身阳光。

2016年12月25日，广东清远，雨淅淅沥沥地下着。

为了传承仲明大爱，我和范绍钦代表历届仲明学子，为广东碧桂园职业学院的学生们送去了一份意义非凡的"圣诞礼物"。

我们带着700多本书籍——《以阳光的名义》（羊城晚报出版社2012年出版）以及一批仲明纪念品，驱车缓缓驶入校园。《以阳光的名义》是仲明助学金创立15周年纪念集，记载了仲明助学金创立15年来的发展历程以及众多优秀仲明学子的感人事迹等。

在广东碧桂园职业学院办公室王宾主任的带领下，我们参观了这所纯公益高等院校。授渔楼、上山楼、思源餐厅……整所校园弥漫着中华优良传统文化气息。在国华大楼前，镌刻着"立志，修身，博学，报国"八字校训的岩石岿然挺立，更有杨国强先生书写的《立校缘起》立于国华大楼的另一旁。

我驻足石匾前，细细品读杨先生创校的期望："创办这所学校的目的，是想努力改变'学而优则仕'的观念，让社会知道受到良好职业教育的人，也能找到好工作和过上好生活……"作为从事职业教育的老师，我深受触动。

晚上7点，"公益之光照亮人生"励志讲座正式开始。首先，1998年的仲明学子范绍钦讲述了自身从受助到助人的成长历程。随后，我也分享了自己受惠于仲明助学金的人生经历。也许是深受我们讲话的启发，在互动环节，广东碧桂园职业学院的学子们纷纷表达了自己对公益的向往，并提出了加入我们志愿队伍的想法。公益路上，我们需要更多这样的志愿者同行。因为，广阔的天地之间还有许多的角落被阳光忽略。

犹记得，我曾多次随广东青年医疗卫生志愿者深入韶关、梅州、河源等地，参加扶贫济困健康直通车行动。

有一次，我们到行动不便的经济困难者家中，开展上门服务并派发爱心药箱。在河源紫金县义容镇龙腾村，一对夫妻50多岁得子，妻子因生产时大出血子宫被切除。孩子出生不久发现因疝气导致小肠脱出，因为经济困难一直未进行治疗。在义诊中，医生为孩子诊疗后，建议尽快做手术。医生说，虽然孩子现在没有发病，未见明显异常，可是一旦发病，可引发小肠坏死，随时有生命危险。尽管医生估算手术费用不超过万元，但看到这样一个家徒四壁的经济困难户，所有志愿者都担心他们会因一时无力支付而拖延孩子的治疗。于是，我们志愿者随即向团省委、暨南大学附属第一医院等提出倡导：尽快筹集费用，安排孩子手术。我们的呼吁得到了有关部门的大力支持，有关部门很快就安排专人落实了此事。

像这样的活动还有很多。每次来回都是十几个小时的车程。有时由于要开车，到达后，我们眼都来不及合一下，顾不得长途跋涉的疲累，便立即投入工作中。

多年来的公益活动，让我看到了每一个经济困难家庭都有着它的不幸。但他们又是幸运的，有了国家、社会的帮助和志愿者们的辛勤付出，他们便有了改变命运、实现梦想的可能。

尤其是那些经济困难家庭的学子们，自己不能决定自己的出身：有的学子从小留守在家，与爷爷奶奶相依为命；有的学子父母离异，从小遭人嫌弃；还有一些学子的父亲或母亲因故丧失劳动能力，家庭没了顶梁柱。虽然如此，但我也看到了他们时刻在与艰苦的条件做斗争，有的在学习上并不落他人之后，还有的从小就得撑起一个家庭。

自助者天助，自助者他助。我希望我们的行动能给他们带去温暖，帮助他们改写未来！

滴水缘情

快乐的时光一路流淌

爱之花开放的地方，生命便能欣欣向荣。

——梵高

慈善在于心，更在于行。与公益同行，不负青春和梦想。携手仲明，爱在路上，我还结识了一群年轻可爱、活力四射的小伙伴。他们大部分是在校学生，因为仲明，因为公益，加入了我们的志愿者队伍。我们一起走过了千山万水，一起度过了许多快乐的时光。

仲明公益服务总队不仅服务于仲明学子，还携手广州乐助会，出钱出力做一些面向整个社会的公益活动。广州乐助会是一个以资助经济困难高中生、大学生，捐赠爱心书桌、爱心床铺，捐建爱心图书室及教学设备，对经济困难学生、外来务工人员的子弟及家庭开展心理辅导为主要项目的公益慈善机构，已在全国多地开展过公益活动，曾被"胡润百富"评为"最民间"的助学慈善机构。

2017年12月14日下午，天色渐晚，寒风阵阵，我和仲明助学金管委会的冯燕梅老师、巧玲，华南师范大学冬梅等小伙伴，离开广州，驱车前往广东化州，开始了三天两夜的乐助会贫困山区助学访查的志愿者活动。

一路疾驰，归心似箭，到达我老家化州时已是晚上10点左右。母亲听闻我们回来，早已煲好热腾腾的鸡汤，炒好自家种的青菜，耐心地等着我们。我和小伙伴们每人捧着一碗热汤，几口下肚，冬日的凛冽瞬间全无，温暖至极。

次日，在化州市教育局王主任的带领下，我们代表乐助会和仲明学子来到大坡希望小学，参加了由仲明学子捐赠1万多元购买的爱心书桌捐赠仪式。

当我们把车停下来时，孩子们已整齐地站在门外，用天真的笑容迎接我们。孩子的世界简单而美好，大山里的孩子更是这样。他们渴望知识，期待有一天能够走出大山，看看山外边的世界。而我们所做的，就是尽量帮他们离这个小小的梦想再靠近一点点。一个人的力量是微弱的，但一群人的力量便可以迸发出巨大的能量。

在访查过程当中，我们看到许多令人心酸的家庭，看到了人生百态，明白了我们此次助学的意义所在！其中许多小朋友虽然家境贫穷，但学习成绩十分优秀。这不禁让我们想起小时候的我们。知识改变命运。乐助会的帮助、社会的帮助、国家的帮助，可以为他们的梦想插上翅膀！我们做的事情很小，可当孩子们亲自为我们戴上鲜艳的红领巾时，那股感动至今想来仍在心间涌动。正如小伙伴们说的：爱让孩子的梦更有希望！

仪式结束后，我们继续来到近100公里外的宝圩镇的学校开展访查。车在山路上兜了一圈又一圈，我们一路访查了七所小学，看见了许多可爱的孩子和可敬的老师。其中有一所主要为留守儿童开办的小学，让我们印象深刻，感慨连连。校长说："我们这里的孩子要到学校来读书，每天早晨必须早早出门，翻山越岭一个多小时。放学回家的时候，父母都不在家，父母在外打工一年最多回家一次；有的连爷爷奶奶都没在家，家里只有孩子一个人，空荡荡的。这是一群缺爱的孩子，真的需要多点关怀和爱……"为此，我们开始实施乐助会发起的"睡梦工程——地铺换床铺"爱心工程，为一些经济困难的山区学校更换残旧床铺，改善教学环境，让路途遥远的孩子能够在学校安心睡眠。

15日中午，我们从宝圩镇返程经播杨镇，在播扬中学举行了床铺捐赠仪式。现场暖意浓浓，掌声不断。我们所相信的爱，在这里呈现；我们所坚持的努力——铺展在眼前。

16日，我们早早出发，开展学生访查工作。原本的阴雨天气，在出发时突然雨消云散，阳光明媚。我们从早走到晚，一路访查，虽风尘仆仆，却精神奕奕。助学长路，犹如脚下的山路，行之不易，却充满感动。我们身边有一群志同道合的人，在路上遇见许多有趣的灵魂，就像这山间向晚的风，还有天边挂着的柔柔的月亮，清亮亮的，顿觉得好美，有温暖的东西在心底流淌。晚上，我们这一群快乐阳光的人，围坐在我家餐桌，津津有味地吃着农家饭菜——都是我母亲种的米和菜。母亲还提前做好了田艾糍，管吃够还给每个人一些带回去，志愿者们赞不绝口。

我们分享着在访查途中遇到的人和事，讲述着故事里的辛酸和温暖。当讲到动情之处时，我们不禁潸然泪下。在人间烟火气里，我看到了善良的光辉和人世间的美好。

多年来的助学活动，让我们看到每一个经济困难家庭都有它的不幸。

他们在坎坷的困境中依然不抛弃不放弃，尝试着用勤劳和奋斗去改变现状。来日方长，若有一颗追求美好的心，剩下的便交给时间。时间在哪里，成就便会在哪里。我们现在只能略尽绵薄之力，鼓励他们把握好青春，用知识去改变自己，改写未来！在这四面环山的村落里，我看到了希望的曙光。

三天两夜的助学活动结束了，其间我合计睡了 10 个小时，自驾 1300 多公里。返回广州后，我还要正常工作。身体虽已倦极，但内心仍充满激情。

返程广州的路上，车上欢声笑语不断。中途遇上塞车，给志愿者们提供了微信"发红包"的机会，以至于我和其他司机都惊呼，要尽快发明一边开车一边抢红包的神器！为了调和气氛，我平生第一次为他们"献唱"，他们听到我"优美"的歌声，红包、掌声不断。他们把"发红包"推向高潮，而我只能手扶方向盘，眼望前方，"受折磨"的表情可想而知。司机大雄也惊呼：因为开车，错过了"数亿红包"，如果上天再给他一次机会，他会说，让他停下来抢红包，抢完了再继续开车，如果一定要在抢红包上加上一个金额，他希望是"一百万"……

每次与乐助会同行，我都收获满满的感动。在此谨对与我同行的伙伴们表示感谢，感谢广州金星、白翎、阳光、老阿哥、容姐、大雄、武哥、强哥、珠光月饼有限公司刘经理；佛山豪哥、凤姐、利哥等；还有来自台湾的芹、深圳的简等不同地方的志愿者们。他们的付出给予了经济困难学子希望，也给予了我一路前行的感动和力量。

感谢所有一路同行的志愿者们，凝聚力量，播撒星火。我们每个人都是平凡人，都是俗世中的一颗小尘埃。但平凡的小爱也能汇成涓涓细流，滋润世上万千心田。

一起寻找国华的孩子

我不忍看天地之间，仍有可塑之才因贫穷而隐失于草莽。

——国华纪念中学创始人

2011年11月19日，我作为一名志愿者，与广东省联席会议办公室和碧桂园志愿者一起参与"幸福广东 健康同行"暨"寻找国华的孩子"活动。

我们前往惠州市惠东县、博罗县、肇庆市广宁县南街街道、阳江市阳春市等地开展工作。志愿者除参与各贫困村送健康活动外，还深入各乡镇寻访经济困难家庭，选拔优秀的经济困难初中毕业生，作为2012年国华纪念中学的预备生。

国华纪念中学是杨国强先生于2002年倾资2.6亿元创办的一所面向全国招生的纯慈善、全免费高级中学，专门招收因经济困难而不能入读高中的应届初中优秀毕业生，每个学生只要进了校门，就不用花费一分钱，从书包、校服、内衣、鞋袜，到词典、计算器等，都由学校免费发放。

国华纪念中学创办以来，已招收全国数千名经济困难学生。从2012年开始还拥有北大"中学校长实名制"推荐资格，学子遍布北大、清华等国内知名高校。学校投放在每个孩子身上的成才费用大概为数十万元，学校为此每年开支数千万元。

但让我感到匪夷所思的是，这所被誉为"经济困难孩子天堂"的慈善中学，竟面临着招生难的窘境。这也是我志愿为国华纪念中学寻找经济困难学子的原因。

读国华纪念中学的招生条件[①]是：

[①] 佛山市顺德区国华纪念中学微信公众号《国华纪念中学2021年招生简章》，2021-04-30，https://mp.weixin.qq.com/s/ss2IDCcHXSuRvcTDYJEfgw。

（一）家庭困难

有下列情况之一的即视为符合困难条件：

1. 家庭困难；
2. 城市失业平民或农村有特殊困难的纯农户家庭；
3. 困难家庭的孤儿；
4. 发生特大变故导致的特殊困难家庭；
5. 因公牺牲或负伤的军警人员的子弟；
6. 新冠疫情抗疫殉职人员子女或获得政府表彰的抗疫医护人员子女。

（二）成绩优秀

1. 报考的学生必须为本年度应届初三毕业生，其初中升高中的成绩要达到当地县一中或当地市级重点高中的录取分数线。
2. 报考的学生，原则上要参加当年初中升高中考试。如果因故未参加初中升高中考试的、特别优秀的学生要书面说明情况。

（三）素质优良

1. 思想品德优秀；
2. 身体健康，无残疾；
3. 心理素质健康；
4. 学习能力较强。

我通过参加"寻找国华的孩子"志愿者活动，渐渐明白了学校为什么会遭遇"招生难"：各地优质生源本来就少，而且涉及当地升学率等，很多地方不愿意放走生源。还有的家长不相信世界上有这么好的事情，等等。

为此，国华纪念中学的校长季德华常常感叹："没想到每年招生会这么艰难，做慈善真的不容易。"某地一名教育官员曾问他为什么做慈善，他说："为了让那些很优秀的孩子得到帮助，让他们不要为自己的成才而担心。也许这种帮助对于你我没有多大的意义，但对于孩子来说，至少给了他们一个改变命运的机会。"

我深以为然。因为我就是从一个经济困难的家庭成长起来的。我也多次去国华纪念中学参观交流过。校园景色优美，所有硬件设施均按照国内最先进、国家最高标准配备，所有教师都是面向全国高薪诚聘的优秀教师。教学楼前矗立着一块校碑，上面刻着一行创办者题写的文字："我不忍看天地之间，仍有可塑之才因贫穷而隐失于草莽，让胸有珠玑者不因贫穷而失学，不因经济困难而失志，方有办学事教之念。"

这是一种多么动人的博大情怀。或许外人难以理解，但只要在这里受过教育的孩子，都会深深地懂得"杨叔叔"的大爱。"国华学子当以奉献社会为终生追求"，这是创办人对国华学子寄予的期望。"今天，我们以国华为荣；明天，我们定将成为国华的骄傲！"这是学生们的共同心声。

于杨国强先生而言，那些经济困难孩子的命运改变，就是慈善之光。

于我们志愿者而言，那些经济困难孩子的优秀成长，就是公益之光。

滴水缘情

托起"折翼天使"的翅膀

人生如花,而爱便是花的蜜。

——莎士比亚

有谁知道,在世界的角落,还有这样一群孩子:有的在黑暗的世界里想尽力触摸人间的光彩,有的在寂静无声的世界里努力倾听这个世上的声音。虽然生命最初的苦难给予了他们不一样的人生,但命运的不公并没有夺走他们小心灵的温暖。这群折翼的小天使有一个共同的温暖的家——儿童福利院:在他们无助的时候给予他们无微不至的关心和照料,为他们托起希望,遮蔽风雨,护佑他们成长。

佛山市顺德区儿童福利院是顺德区属公益一类事业单位,主要职能是为社会弃婴(童)提供养育、特殊教育、医疗、康复、国内外收养、家庭寄养等服务。

我多次带领仲明志愿者服务队队员联合碧桂园志愿者,到佛山市顺德区儿童福利院探访其中的特殊儿童。在时光静好的岁月里,透过时间的缝隙,总能看到生命的本真和纯净。和孩子们接触,总能留下或感动或温暖的记忆。只因执着于一份简单的爱,我们想尽己所能,带领这群孩子寻找快乐,让他们拥有美好的童年回忆。

福利院共有超过 150 位特殊儿童,大都身心残疾,比如患有智力障碍、唐氏综合征等等;大部分生活不能自理,他们都是无父无母无任何支撑的社会弃婴。

我们刚到福利院,脚从车里踏到地板时,就被他们纯真的笑脸感动到了。可爱的小朋友们热情地跑过来,与我们打招呼,向我们问好,拍手鼓掌欢迎我们。他们扑闪着亮晶晶的眼睛,甚是可爱。来的次数多了,每次一见面,他们就与我们击掌,那清脆的响声,似乎是给我们的特殊的亲切问候。

看着一张张特殊的脸(唐氏儿虽父母不同,但是面貌几乎长得一样),看着一双双天真可爱的眼睛,我心里总有一番酸酸的滋味。福利院的孩子大多是残障儿童,由于幼年时遭受了被抛弃的不幸,因而对于生活中的乐趣,他们很容易满足。他们需要的只是人与人之间的呵护与关爱以及这个社会的包容和接纳。我很难想象如果没有福利院这个大家庭,这些孩子该何去何从……

这些儿童非常不幸,但是能够得到福利院的收留,比起留宿街头、沦落成乞丐,甚至出生不久就离开世界的小孩,他们又是幸福的,起码过着衣食无忧的生活。

据福利院老师反映,由于这些儿童的特殊性,国家的拨款大部分用于孩子的治疗,因此医药费用开支巨大。而孩子们的内心和精神世界,则需要更多的社会关怀。所以,作为志愿者,我们希望能多为孩子们带去关爱,陪伴他们度过愉快的时光。

有次活动,我们很多志愿者还带了自己的孩子一同前往。让我感到惊讶的是,那些无忧无虑的孩子,和福利院的孩子们很快就成为朋友,他们一起玩拍皮球、画画、搓橡皮泥等简单的互动游戏。

音乐是最有感染力的语言,即便对于特殊儿童亦如此。他们也有自己的喜怒哀乐,即使周围的人无法理解。当我们的志愿者方圆同志用小提琴演奏时,孩子们也都跟着音乐一起拍手、唱歌,其乐融融。那一刻,我含着泪花看到了那些孩子最灿烂的笑容。

大学期间,我也曾经长期在广州市天河北路儿童康复中心做义工,协助康复中心员工帮助智障的儿童,比如打扫卫生、教学、辅导作业、锻炼身体、喂饭、冲凉、换衣服等。但是,那天当我听福利院的老师说,喂饭、换衣服等很多工作都需要培训上岗,甚至要持证上岗时,我觉得福利院工作者真是太辛苦、太伟大了。

听说部分特殊儿童在福利院的精心照料下,顺利地入读了正常小学或启智学校,甚至有的被社会热心人士收养,这的确让人欣慰。

从那以后,我们常会组织不同的志愿者,利用周末及节假日到福利院看望孩子们。为了保证活动质量,每次出发前,我们都会特意结合院方要求及网上专业服务队伍的建议,整理福利院服务手册,提前宣传培训,确保活动给孩子带去更多的温暖与爱护。而福利院的孩子也都非常期待我们的到来,每次看到我们,很多孩子都会主动伸手要拥抱。我们耐心地陪他们画画、讲故事、玩游戏,每每那时,孩子们的脸上都会露出纯真的笑容。

我们也会一对一带领他们去清晖园、顺峰山公园等地方游玩。有一次，我负责的是一个可爱腼腆的小男孩，他总喜欢透过车窗注视倒退的风景，看到途经的巴士会很兴奋地喊"巴士"，看到路边的爷爷奶奶会习惯性地微笑挥手问好。他会害羞地对我微笑，说话诺诺小声。从他眼中，我看到他对陌生的事物充满了好奇，眼睛流露出对世间万物的向往和憧憬。一路上，小朋友们手舞足蹈，兴高采烈地手拉手一起游玩清晖园。走在阳光下，感觉四周都是温暖的能量。他们显得格外开心快乐，脸上绽放出一朵朵无邪的笑容。老人们拉二胡的旋律让他们驻足，就连洗手玩水时都能听到他们响亮的笑声，简单的满足是他们最大的快乐。

多年来，尽管仲明志愿者换了一批又一批，但不变的是，我们都会用纯净的爱呵护着福利院的孩子们快乐成长。这群"折翼"的小天使，善良且天真，虽生命的苦难让他们学习飞翔时比常人承受更多的疼痛，但不论他们的身体有什么缺陷，他们同样可爱，也同样需要被爱，任谁看到他们顽强的生命，心灵都会受到震撼。他们每个人都值得被这个世间温柔以待，福利院社工和众多义工志愿者一道用爱心托起他们飞翔的翅膀。

福利院的黎主任也非常感谢众多义工组织和爱心人士的无私奉献和关怀，每每讲到孩子们的成长和义工们的辛勤付出，不觉间便眼角湿润。在孩子们快乐成长的背后，有着太多的不易和感动，有着很多人辛勤的付出和爱心。为此，黎主任还真诚地向包括我们仲明志愿者服务队在内的多个义工组织颁发了"优秀义工队伍"牌匾。

在福利院的墙上，我看到一句话：幸福是什么？对于福利院的社工来说，幸福就是看到一个个自信甜蜜的微笑，一个个天真可爱的脸孔，一个个英勇坚强的动作……看着这些可爱的小天使微笑和成长，微小的幸福就在身边，举手抬步便是天堂。

生命不息，感动不止。我们在物欲横流的社会摆渡一叶轻舟，时常担心被大浪打翻，被生活的海洋淹没，过得战战兢兢、如履薄冰。殊不知，有的人生来是一个"半圆"，生命的残缺让他们异于常人，可是他们还是勇敢坚强地笑对这个世界。我知道他们还小，但愿他们一直能够保持一颗善良的心，感知这个世界给予他们的温暖，知道"半圆"的人生亦可焕发出夺目的光彩。

爱在心中，行于脚下。寒来暑往，花开花落。折翼天使的美好明天，需要全社会的爱心人士一起行动，用手托起他们的翅膀，而我们，也会一直在路上！

每一次公益活动都是爱的奉献，每一次公益活动都会有收获。公益是灿烂的事，做公益的人是灿烂的人，让我们一起继续做一些灿烂的事吧！

滴水缘情

山高路远为你而来

爱是生命的火焰，没有它，一切变成黑夜。

——罗兰

2019年暑假，为落实国家学生资助政策，加大广东省学生资助及助学贷款政策的宣传力度，以及深入了解一些较偏远地区居民对学生资助政策的认识程度，让学生资助政策切实帮助到每一位渴望上学却被经济困难阻碍了求学脚步的学子，广东省教育厅与国家开发银行广东省分行联合开展了"国家资助和助学贷款下乡行"宣传调研活动。中山大学仲明服务队应征组建"三下乡"宣传小队，前往广东省茂名市化州开展宣传调研活动。

中山大学仲明服务队"三下乡"志愿宣传小队队长倩倩、队员阳阳携带活动物资，于2019年8月15日出发前往茂名市化州，与我及"三下乡"活动指导老师冯老师在塘贡小学会合。

8月17日，中山大学仲明服务队"三下乡"志愿宣传小队从广州出发，历经7个小时，于下午4时到达住宿地塘贡小学，完成团队分工、行动规划等初步准备工作。"三下乡"志愿宣传活动于次日正式开始。

18日上午，志愿者分为三个小队，在当地小草志愿者和热心村民的陪同下，分别前往省级扶贫村塘贡村进行入户宣传与调研。队员们走进当地经济困难家庭，大多数学生和村民在得知我们的身份后，都热情友善地与志愿者们聊起了天。经过深入细致的沟通，队员们对每户家庭的基本情况有了一定了解，并根据不同家庭，有针对性地进行政策宣讲与答疑。在宣讲前，队员们会准备好一份有关国家资助政策和助学贷款政策的问卷，边讲解题目边指导学生和家长填写，以获得真实有效的数据，为撰写调研报告奠定良好的基础。

19日上午，志愿者参观了化州市教育局学生资助中心。王主任为队员们详细介绍了资助中心的工作职能、工作流程、发展历史以及近年来的工作情况，并耐心解答队员们的疑问。之后，队员们依次参观学生资助中心的三个工作站台，认真观摩学习各站台的工作模式，并进行实际操作，深切体会到化州市助学贷款办理流程的简便易行以及工作人员的勤奋和辛劳。在资助中心参观的同时，队员们也向前来贷款的学生和家长宣传国家助学政策，并给他们分发礼物，同时收集问卷。

19日晚上，队员们还参与了塘贡村村委举办的村民互动会。会上，冯老师向村民们介绍了服务队此次下乡行的活动目的和内容。紧接着队员们分别进行自我介绍，并为现场的准大学生和高中生分发礼物，宣传国家助学政策。最后，队员们在冯老师的带领下与塘贡村村民一起欢跳广场舞，现场气氛十分热烈。我第一次见识到冯老师不但工作能力强，而且还能歌善舞。

20日上午，队员们和小草志愿者前往镇市集进行摆摊宣传。

21日上午，全体队员乘车返回广州，结束了为期五日的"国家资助和助学贷款政策下乡行"志愿宣传活动。

通过入户调查、问卷填写、走访当地资助中心、摆摊宣传、派发资料和问卷填写等方式，我们不光获得大量的调查数据，更对当地的国家学生资助政策和助学金政策相关概念普及程度、学生受资助情况、当地人对于助学政策的了解程度和资助机构的工作情况等进行了深入调查。

今后，我们还将加大当地学生资助政策的宣传力度，让学生资助政策走进千家万户，并通过开展形式多样的资助政策宣传活动，深化当地学生对诚信、责任、教育的认识，强化道德意识，促进学生成长成才。通过资助政策下乡行活动，也让更多的受助受奖学生参与社会实践活动，增强学生的社会责任感，践行社会主义核心价值观。

本次活动，队员们住唐贡小学课室，使用李校长私人的煤气还有油盐酱醋等。临行，我们给李校长付费时，李校长微信回复：招呼不周，深感抱歉，不必计费，也不用公款，就当你们给我一次学习与感恩的机会。谢谢！

感谢这么多年来公益伙伴们的不懈坚持与努力付出，我不是一个人在战斗，我们要继续前行，就像我们常常唱起的那首歌——《让爱传出去》：

爱是看不见的语言\ 爱是摸不到的感觉\ 爱是我们小小的心愿\ 希望你平安快乐永远\ 爱是仰着头的喜悦\ 爱是说不出的感谢\ 爱是每天多付出一点点\ 双手合十不在乎考验\ 让爱传出去

\ 它像阳光温暖我和你 \ 不管有多遥远 \ 总有到的那一天 \ 让爱传出去 \ 那前方漫漫人生路 \ 有你的祝福 \ 没有过不去的苦……

中山大学仲明服务队的"三下乡"活动

3　融入仲明

　　因为曾身处困苦,更明白被爱的珍贵。如今拥抱幸福,才更能体会给予爱的意义。

　　25年前一张百万爱心支票形成的爱心接力,我有幸一路同行见证;仲明公益之路,任重而道远。

　　感谢这场相识,让我结识了优秀的学子。

滴水缘情

缘定仲明，同心同行

> 只有真正实现了使仲明学子由"受助"到"助人"的根本性转变，才是对"仲明大爱"的完美注释。

为促进仲明助学项目体系化、专业化运作，并带动仲明学子服务社会，由我牵头召集十余位仲明学子发起，在共青团广东省委员会、国强公益基金会的支持指导下，广东省仲明助学志愿服务促进会于2021年1月正式成立。这个以"凝聚仲明学子力量，薪火相传服务社会"为使命的公益组织，将汇聚爱心和力量，为社会发出自己的光和热，撒播温暖和希望。我在仲明助学志愿促进会第一次会员代表大会上发了言。谨录发言稿内容如下。

尊敬的各位领导、各位会员、志愿者朋友们：

大家下午好！

今天是个值得纪念的日子，我们从各地来到广东英德鱼咀村，一个很有历史底蕴的地方参加广东省仲明助学志愿服务促进会第一次会员代表大会。广东省仲明助学志愿服务促进会的成立，离不开共青团广东省委员会、国强公益基金会的亲切指导，离不开在座同志们的大力支持。承蒙各位会员的信任和重托，我担任会长，深感责任重大，任务光荣，诚惶诚恐。在此，我谨代表广东省仲明助学志愿服务促进会向为本会的成立做出贡献的所有同志表示真心的感谢。

广东省仲明助学志愿服务促进会的成立，标志着仲明志愿者队伍成长为共青团广东省委员会主管、在广东省民政厅注册的正式公益组织。这是我们新的起点，也对我们提出了新的要求。今后，我们促进会在共青团广东省委员会和国强公益基金会指导下，秉承"受惠社会，回报社会，让爱薪火相传"仲明公益助学理念，以"凝聚仲明学子力量，薪火相传服务社会"为使命，帮助他人服务社会，传播爱心和传递温暖。我将与各位一起，紧紧围绕促进会的宗旨，坚持按章程履行好职责，务实有效地开展各项助学活动，为仲明助学慈善事业发展贡献力量。仲明学子只有实现了由"受助"到"助人"的角色转变，才是对"仲明大爱"的完美注释。

另外，我们促进会有坚强的后盾：共青团广东省委员会及国强公益基金会；有经验丰富的顾问团队：陈总、李总、罗总、杨姐、周老师、陈老师、胡老师等；还有我们的仲明学子：杰出企业家刘总，媒体人袁老师，医学教授钟医生，法律界精英盘律师，热心仲明导师陈老师，仲明高校指导老师肖老师、方老师，保险精英马经理，成功企业家梁总、范总，集美貌与智慧于一身的冯老师，公益界大咖曾总，还有历届仲明分队长、骨干成员：金泉、冬梅、福勇、权振、建风、梦竹、尚平、李锐、美娟、美红、楚丹、玲等。对此，我也满怀信心把促进会带好。

成功不必在我，成功必定有我。前路漫漫，仲明爱心永不停歇。我们一起努力，加油！

最后，祝大家身体健康、工作顺利、阖家幸福、万事如意！

2021年1月30日

我在仲明助学志愿服务促进会第一次会员代表大会上发言

滴水缘情

上善若水，臻于至善

路漫漫其修远兮，吾将上下而求索。

——屈原

仲明促进会的成立，标志着仲明助学再上新台阶，仲明学子从受助到参与志愿服务，再到建立专业规范的社会组织平台，将带动更多学子及社会各界传播并践行"受惠社会，回报社会，让爱薪火相传"的公益理念。

仲明助学金以资助为载体，除发放助学金外，还提供素质拓展、导师讲堂、企业参观/实习、学子交流、公益服务等支持，助力受助学生成长，并带动他们加入志愿服务行列。从2012年开始，仲明助学金便探索以成立志愿服务队的形式，凝聚仲明学子及其校友力量，薪火相传服务社会。至今，21所高校成立了仲明志愿服务队。2021年，仲明促进会成立后，各高校仲明志愿服务队更加有序地发展。据不完全统计，截至2022年，服务队成员近15%获得过国家级奖学金，超过40%获得过校级以上奖学金或荣誉。仲明志愿服务队先后带领2500余名队员和志愿者开展志愿服务，直接受益者超5.3万人次，总公益时长达7.5万小时。而这些充满爱心的公益服务，离不开一群人的无私付出和坚守。这群人，就是团结凝聚在仲明促进会的所有志愿者们。这是一支永不停歇、日益壮大的队伍。

这些年，仲明促进会通过各种活动，有效地提高学子们在体能、毅力、智慧、沟通、协作等方面的素质和能力，培养他们的爱国情怀、社会责任感、积极的人生态度、乐于助人的奉献精神，助力他们成长成才，不忘初心，回报社会。

25年来，仲明成了一种能量，以各种形式进入众多贫困地区，过万学子因这份资助而得以摆脱贫困、继续学业，就像一名曾经获得仲明助学金的毕业生的心声一样："没有人知道经济困难生一边读书还要一边承受学费压力是多么扰乱心神的事情。没有仲明，我也许不能顺利完成学业。"

仲明促进会是一个专注于大学生公益助学和志愿服务领域的社会团体，致力于建立和完善"资助+赋能+服务"三位一体的仲明公益助学体

仲明助学志愿服务促进会第一次会员代表大会合照

系,即"以资助为载体,赋能大学生成长,并带动大学生加入志愿服务行列",传播"受惠社会,回报社会,让爱薪火相传"的公益助学理念,打造大学生公益助学项目品牌。

如今,我们仲明学子有平台,也有机会兑现我们当初的承诺。我们受惠于社会,也在尽力回馈社会。我们将重点做三件事:

第一件事,坚持薪火相传。

仲明助学金走过了25个年头,它是杨国强先生的第一项慈善义举。杨先生对学子的谆谆教诲、对社会的大爱,需要我们一代又一代人去传承!"受惠社会,回报社会,让爱薪火相传"的公益助学理念,需要我们坚守和传承!未来,让我们一起凝聚更多的"仲明人",传承创新仲明精神,不负杨先生对我们"做一个对社会有贡献的人"的殷切期望!

第二件事,搭建成长平台。

25年来,我们围绕"精准资助"和"资助育人"开展助学活动,不仅为家庭经济困难且品学兼优的大学生提供经济资助,还积极推动仲明学子的素养培养和发展,促进仲明学子提升自身的综合能力,培育其志愿服务精神,并拓宽各自的校友资源。未来,我们更要加强对仲明学子们人生发展关键阶段的关注,增强仲明学子之间的互帮互助,讲好每一个仲明学子的故事,特别是仲明精神薪火相传的故事,讲好仲明助学的成长故事。

第三件事,提升仲明助学品牌影响力。

仲明助学金首创《道义契约》，经过25年的探索，创新可持续发展的公益助学模式。未来，我们要紧跟国家助学政策的趋势，通过在社会助学领域继续探索学生素养发展，不断撬动资源，增强行业影响力，推动仲明助学成为大学生公益助学领域的示范性项目。

传承是基础，成长是关键，品牌建设是持续发展的驱动力。三者协同发展，需要我们脚踏实地，做好每一个细节。让我们携手，为促进会的未来而努力！在奋斗的征程中，守正出新，示范引领！

2021年，是中国共产党建党100周年。仲明促进会隆重发起了仲明"100+"行动，通过组织100名仲明优秀学子亲述自己的成长蜕变经历，以一颗颗赤诚的红心，致敬伟大的中国共产党百年华诞。同时，以他们的经历与事迹，弘扬仲明助学金的设立初衷和宗旨，让慈善助学的义举继续循环接力，向更多人传递仲明大爱。仲明"100+"行动受到社会的广泛关注与肯定，众多媒体对此进行了专题报道。在中国共产党百年奋进的智慧和力量引领下，仲明助学的善举也将继往开来、不断破百，让一代一代仲明学子茁壮成长。

2021年，仲明促进会还开展了"青春无悔·志愿同行"系列高校走访活动，召开了20所高校仲明志愿服务队全员大会，并举办了"仲明薪火计划——首届大学生公益微创投大赛"，带领各所高校的"仲明薪火相传服务队"，走进偏远乡村，深入广东基层，为乡村振兴贡献自己的智慧和汗水。

星星般的火苗再微弱，只要悉心呵护，也会有熊熊燃烧的一天；同样，起源于仲明的星星之火，也终会发散为满天星光。在仲明助学理念的熏陶下，昔日受资助的仲明学子，都牢记《道义契约》，力所能及时都会想到回捐助学金，深刻体会受惠与施惠的价值与意义，不断传承仲明大爱，在各自的领域发光发热，回报社会，帮助更多有志学子渡过人生难关。

仲明志愿者，一路披荆斩棘，一路传播爱心，不仅绽放了人生的别样精彩，也践行了仲明的理念，将仲明的火种播撒得更远更深，成为真正的"薪火传人"。

未来，仲明将会以全新的姿态出发，携初心，干实事，以我们微小的力量去汇集更大的慈善能量，把爱传递出去。

心之所向，朝阳而生，仲明之光，永不熄灭！蓝图不可能一蹴而就，梦想不可能一夜成真。仲明之梦还很远,路还很长。但我们相信,仲明的未来,在我们的不断传承中,必将星火燎原、熠熠生辉!

2016年仲明助学金颁发仪式志愿者们大合照

滴水缘情

仲明促进会的"两个梅"

用心倾注对生活的每一份热爱，世界总是眷顾爱笑的人！

仲明促进会法人兼秘书长是冯燕梅，促进会的副秘书长兼专职负责人叫玉冬梅，两人合称仲明促进会"两个梅"。冯燕梅不是仲明学子，但她对仲明助学金的热爱，却超过很多仲明学子。玉冬梅是仲明学子，是华南师范大学教育信息技术学院2014级新闻传播专业学生，也是华南师范大学首任仲明服务分队队长。

我虽然身为仲明促进会会长，但由于工作繁忙，因此促进会的许多事务都需要"两个梅"去一一落实，我打心底感谢"两个梅"。"两个梅"都是纯粹而细致的女孩，她俩用"工匠精神"去做好仲明促进会的各项工作，服务一万多名仲明学子。

2012年，仲明助学金管委会的办公地点设在中山大学，黄娜老师工作岗位发生了变化，接替她工作的是冯燕梅老师，冯燕梅老师从那时便开始专职负责仲明助学金管委会的日常管理工作。

热爱源于感动。冯燕梅在中山大学读书期间，便经常参加一些公益活动。一次偶然的机会，她接触、了解了仲明助学金，被仲明助学金的助学理念所打动。

看到仲明助学金招聘专职人员，她马上投了简历。由于她读的是新闻传播专业，专业比较符合，各方面条件也很好，中山大学学生处钟一彪处长及管委会其他老师面试的时候非常希望录用她，但也一再提醒："学校工作本来工资就不高，仲明助学金项目是公益项目，待遇一般，作为一名中山大学高材生，你真的愿意吗？我再给你几天时间好好考虑。"我们也在猜想，冯燕梅即便愿意，能干上三年就不错了。

2012年夏天，冯燕梅从中山大学毕业后，选择了留在中山大学党委学生工作部担任仲明助学金管委会的专职老师，主要负责仲明助学金的管理、发放等工作。这份工作看似简单，其实十分烦琐。在这项烦琐工作的背后，她倾听了每一个仲明学子的青春成长故事，见证了仲明助学路上的点点滴滴。如今，冯燕梅老师在仲明助学金的岗位上已经超过10年了。

犹记得，冯老师接手仲明助学金管理工作后，我和她第一次见面：跟冯老师交接一些仲明资料。冯老师长得"瘦小"，还带有孩子般的"稚气"。冯老师经过一步一步的努力，今天已经成长为能"干大事"的人了。

2012年，我在组建仲明公益服务总队时，与冯老师有了更多的接触。随后，为了协助其他高校组建公益服务分队，我们还经常和受助学子、服务队志愿者们谈心，指导他们做好每一项工作。在这个过程中，每当我看到冯老师自掏腰包请同学们喝水、吃饭等，我就觉得她真是一个很有爱的老师。

平常，她在办公室整理各种资料、策划与仲明相关的活动等。节假日，她经常牺牲自己的休息时间，跟随服务队到各高校走访，组织受助仲明学子开座谈会。即便是到肇庆、韶关、梅州、潮州等地考察，虽路途遥远，她也甘之如饴。

到了寒暑假，热心社会公益的冯老师，多次组织仲明公益服务队队员探访敬老院、到山区学校捐款捐物、走访经济困难学子等。她一年到头几乎没有多少休息日，但她没有任何怨言。她说："仲明学子们大都家境贫寒，知识是改变他们命运的最大机会，所以平时万万不可影响他们读书学习。他们自己在大学里接触社会、锻炼自己的条件很有限，为了帮助他们提高综合素质、增强今后的竞争力，管委会就只能利用节假日多组织些活动，让他们在这种阳光快乐的氛围中获益和成长，这也是我最开心的时候。"

从2012年开始，由于先后引入了素质拓展、导师讲堂、文艺表演等项目，一年一度的仲明助学金颁发仪式的台前幕后和活动筹备工作量急骤增加，而负责仲明助学金日常管理的冯老师，无疑是要挑大梁的，她顿觉压力倍增。每年颁发仪式前后，她都加班到深夜，特别是颁发仪式前一晚，她总是工作到很晚，忙完其他工作后，还要准备自己的发言稿，直至天亮。后来随着志愿者们的工作更加高效、更加有序，她才可以凌晨一点半左右休息。

冯老师这种认真敬业、热心负责的工作态度和积极乐观、努力奋斗的生活态度，影响了很多仲明学子。冯老师真的是恪尽职守、任劳任怨。很多个晚上，中大行政楼办公室都有她孜孜不倦的身影！

时光漫溯，落花无声。10年了，冯老师在传递爱心的路上，一步一个脚印走过。

2016年，华南师范大学仲明公益服务队成立，玉冬梅是第一届队长。

2018年，玉冬梅毕业了，此后每年，她都会预留时间参加仲明助学金颁发仪式，并负责活动的宣传工作，担任宣传组组长，从2017年起连续参加至今。

大学期间，玉冬梅深知学生当以学业为重，所以一直都潜心学习。因为品学兼优，她每年都能获得各项奖学金，但她并没有因此而骄傲自满，而是在兼顾学业之余，把闲暇时间分配来勤工俭学和做志愿服务，身体力行践行仲明"受惠社会，回报社会，让爱薪火相传"的公益理念。

为了日后一步步地实现她的公益梦想，毕业的时候，玉冬梅选择了从事专业相关的工作，成为广州广百股份有限公司的一名营销策划管培生，为将来储备好更坚实的力量。

受仲明助学精神的感化，小小的公益理想之苗已悄然在玉冬梅心中发芽。

2020年，作为仲明促进会的发起人之一，玉冬梅被推选为促进会副秘书长，而促进会此际正需要一名专职的工作人员。面对原单位领导的多次挽留："你在国企做得好好的，此时走会不会太可惜了？""理想和现实总是有差距的，你还是慎重为好！""女孩子还是要求稳，公益行业太折腾奔波了吧？"……玉冬梅没有再犹豫，她从稳定的国企单位辞职，正式成为一名全职公益人，全身心地回到仲明的怀抱，带着四年的积淀开启了她在公益事业上新的探索和学习。开朗爱笑的玉冬梅成为后来众多仲明学子的玉姐姐。

玉冬梅希望更多的仲明学子能勇敢地说出自己的成长故事，去影响受助学子回归仲明大家庭。她更想告诉更多像曾经的自己一样迷茫的有志学子，眼前的困境不代表永远，只有保持微笑，应对世间万变，才会找到蜕变的机会和希望的出口。为此，玉冬梅坚持不懈，努力前行。

玉冬梅经常对仲明学子说，"受惠社会，回报社会，让爱薪火相传"是众多仲明学子矢志传承和践行的公益助学理念，这从来都不是一句口号，而是内化于心、外化于行的力量，是我们仲明人在公益路上自觉传递仲明大爱的道义担当。

由于"两个梅"的加入，以及她们活泼开朗的性格，25人的仲明促进会志愿者总队群中总是充满欢声笑语：梁金泉和玉冬梅被戏称"金童玉女"；廖彩庆、冯燕梅、龙梦竹、马飞雪合称"青（庆）梅竹马"……我的朋友圈评论口头禅：我也喜欢草莓、蓝莓、西梅、杨梅、燕梅、冬梅……成为他们争相效仿的句子。

工作之余，冯燕梅拿到了中山大学公共管理专业（MPA）硕士研究生学位，玉冬梅考取了社工证。她们两个积极向上，也给仲明学子树立了榜样。

本书的撰写，也由于得到了"两个梅"的鼓励和帮忙，才得以成稿。

雨果曾说："善良的心就是太阳。"善良能使生命充满阳光，善良能使人更加美丽。"两个梅"用自己的执着和热爱，在公益助学路上，让爱薪火相传，成为大爱仲明的"火炬手"：举着善良，擎着感动，有爱相伴的生命在绚丽绽放，如此美丽，如此璀璨！

仲明薪火计划启航

道阻且长，行则将至。

"指穷于为薪，火传也，不知其尽也。"《庄子》里的这句话，指柴烧尽，火种仍可留传。前薪虽尽，后薪以续，前后相继，故火不灭也。

"仲明"亦如此，已经成为一种精神符号。

2021年5月，仲明促进会成立后发起"仲明薪火计划——首届大学生公益微创投大赛"。

本次大赛本着"受惠社会，回报社会，让爱薪火相传"的理念，传承创新仲明助学精神，旨在发动大学生志愿者参与乡村振兴，支持大学生社会公益实践，通过大学生的想法和行动促进乡村振兴，培育一批具有志愿精神的青年公益项目；希望通过在社会助学领域探索助力大学生的综合素养提升，不断撬动资源，扩大行业影响力，推动仲明助学金项目成为大学生公益助学领域的示范性项目。

此次大赛，仲明促进会为入围项目团队开设了"一对一"的项目优化能力建设课程，邀请在大学生创业指导、慈善公益项目管理、公共服务等领域具有丰富经验的专家导师，指导项目团队进行项目梳理和优化，为促进项目落地实施提出了意见。

本次大赛有两大特点：一是大赛受到社会各界的广泛关注，获得各方的大力支持。本次大赛是共青团广东省委员会等单位主办的"2021年益苗计划"的专项赛之一，得到团省委、省民政厅等单位的大力支持，他们为大赛提供了坚强保障；同时得到各领域专家、单位对本次大赛项目和团队的悉心指导，有效提升了项目成效。二是项目多元丰富，聚集各高校人才。自5月份仲明薪火计划启动以来，来自25所广东高校的574名项目团队成员及志愿者参与了29个资助项目，在乡村经济发展和乡村公共服务两个领域，足迹遍布广东广州、佛山、韶关、肇庆、茂名、惠州、梅州、河源、阳江、清远、潮州、云浮、揭阳、汕尾等14个地级市，直接受益者超58431人次，可谓硕果累累。

历时三个多月的仲明薪火计划，还进行了大赛项目成果展示会。在大赛开展过程中，我们以大赛促人才选拔，通过大赛评选出一批优秀项目执行团队；以大赛促相互交流，加强各项目团队间项目经验、资源等的分享交流；以大赛促能力提升，通过能力建设、项目一对一优化工作，逐步培养项目执行团队项目设计、项目管理、财务管理等的能力。

2022年5月，"仲明薪火计划——第二届大学生公益微创投大赛"继续开展，更多的成果得以展现。

薪火计划发扬了仲明的精神内涵，它将每个大学生都视为一个有灵魂的主体，让他们到乡村发挥自己的智慧，到需要的地方去发光发热，让仲明"受惠社会，回报社会，让爱薪火相传"的公益理念传播得更远。

2021年，仲明促进会成立、"仲明100+"行动、"仲明薪火计划"以及仲明助学金颁发仪式等，受到了社会的广泛关注与肯定，人民网、央广网、新华网、《羊城晚报》、南风窗、南方+、《公益时报》、今日头条、《南方都市报》、腾讯网、搜狐网、东方网、网易新闻、奥一网、《新快报》、《广州日报》等全国众多主流媒体对此进行了专题报道。

尤其是仲明助学金独特的公益理念、操作模式，得到了社会各界的高度认可，感召了一届又一届仲明学子"受惠社会，回报社会"，让他们更深刻地体会到受惠与施惠的价值和意义，自觉承担个人的社会道义责任。

滴水缘情

拥抱仲明，让梦想相遇

凝聚仲明学子力量，薪火相传服务社会！

当年	现在
仲明如同黑夜中的一团篝火	我们举起仲明的火把
把我们的梦想点燃	挥洒着自己的光和热
照亮我们前行的路	让仲明之光绽放得更加热烈

星星之火，可以燎原。

知行合一，止于至善。25年来，杨国强先生以其母亲的名义，一直在履行承诺！他对仲明学子们充满了深深的牵挂和关爱之情，也对仲明学子的未来寄予厚望。仲明给予我们的，不只是物质帮助，更重要的是精神教育和鼓励。我们，都是在最好的年华、最艰难的境遇里，因为仲明的帮助和影响，因为自己的不屈和奋斗，最终变得更加优秀，因而希望助力更多的人变得优秀。

25年过去了，以一位母亲的名字命名的仲明助学金项目，已经让全国23所高校的1.25万名家庭经济困难学子受惠。我们信守最初的那份庄重承诺，正在竭尽所能回报社会。

回首过往，我与仲明结缘已24年，与仲明的大多数兄弟姐妹们相伴同行也有很多年，心中有太多的话、太多的感慨，想一一叙说，却又不知该如何表达。

1997年，仲明还只是一颗火种。但通过一年又一年的坚持传递，一代又一代的守望相助，如今的仲明大家庭已越来越兴旺，仲明之火已燃烧得足以照亮前方。

从2004年起，我们就牵头先后成立了"仲明助学网""仲明同学会""仲明志愿者服务队"等。2006年仲明助学金设立专职管理人员后，我也将大部分业余时间奉献给仲明，经常出入仲明助学金管委会，参加各种会议，策划各种活动。

仲明之火，照亮了上万名学子的人生，感动了无数人，点燃了一片"慈善原野"，得到了来自各行各业的爱心人士及社会团体不同形式的参与和支持。同时，仲明助学金首创《道义契约》、传承"大爱精神"的助学理念和运作模式，也获得了高校及社会各界的认可、赞誉和推崇，全国众多媒体每年都会争相报道。

2021年，仲明助学志愿服务促进会的成立进一步推动了仲明助学金的发展壮大，进一步提升了仲明的凝聚力和影响力，使大批仲明学子从受助到助人，积极参与志愿服务，从而带动了更多仲明学子传播并践行仲明的公益理念。

一万多名仲明学子"薪火相传"的梦想、足迹和故事打开了一扇窗，窗外是未来更多仲明学子逐梦的旅程。那些跋山涉水、义无反顾的背影从四面八方而来，却不约而同地汇聚在仲明之路上，他们并不孤独。因为当他们单薄瘦弱的梦想，与仲明的梦想火种相遇时，会点燃一个个火把，照亮无垠大地，温暖前程。

这些年来，我与仲明风雨同路，携手同行，我的足迹遍布广东省10个地级市，行程超过10万公里。其间大部分的车油路费及吃住费用都由我负责。

每年和管委会的老师及仲明优秀学子代表，利用周末或节假日到仲明助学金惠及的20多所高校（其中有四所路途较远的山区高校）走访，和仲明学子交流、开展各种各样的活动；利用周末或节假日和仲明志愿者一起到福利院、敬老院开展志愿活动，到偏远山区开展助学活动；让爱的故事传播得更广，远赴北京参加公益大赛；让爱回家，前往香港拜访杰出仲明学子。自驾车日行千里不觉累，这就是公益的力量，也是一场美丽的遇见！花开有声，大爱无言，我们怀着伟大的爱，做一些小事，我们一直在路上……

"星星般的火苗再微弱，也会有冉冉烧起的一天，日积月累的公益事业，也将会被人发现和铭记。"2021年11月，《南风窗》杂志如是报道仲明。近些年来，随着越来越多的媒体关注，仲明助学金日益为人所知。作为薪火传承者，广东省仲明助学志愿服务促进会愿凝聚更多志愿者，将仲明大爱的火把一代代传递下去。

展望未来，仲明助学金就像一棵越来越茂盛的大树，为越来越多的学子遮风挡雨；而仲明促进会尚年幼，需要我们所有仲明志愿者凝心聚力、共同努力呵护。

　　大爱仲明，焕新出发！我们将继续携手同行，再接再厉，共谱仲明大爱新篇章！

　　总有一种关怀，让我们甘愿付出；总有一种责任，让我们义无反顾；总有一种温暖，让我们相聚在一起。拥抱仲明，让梦想相遇。与爱同行，逐梦前行，我们一直都在路上。愿仲明之火，永不止息！

仲明助学金合作组织/高校

仲明之缘，情系一生

> 执子之手，与子偕老。
>
> ——《诗经》

缘于仲明，始于初见，婚于兴趣。而今，爱情常伴左右。

他叫琳锋，她叫苑玲。

琳锋是嘉应学院2006级体育系的学长，是一位仲明学子。他从大山里走来，凭着大山一样的坚韧性格一路前行，身上散发出一种沉稳踏实的气息。

苑玲是嘉应学院2011级体育系的学妹，善良坚强，同样是得益于仲明助学金、走过风雨的女孩儿。

琳锋和苑玲的相识，缘于2013年3月份我们到嘉应学院组织的仲明助学交流活动。当时琳锋已经毕业，因重感冒，没有进交流活动会场，而是在门外等候。在交流会结束的时候，门口人头攒动。琳锋抬头就看见了苑玲，只是那短短的一瞬间，琳锋已有百转千回的悸动。待琳锋缓过神开始寻找苑玲的时候，苑玲已然消失在茫茫人海中。

回到工作单位后，琳锋在仲明志愿者总群仔仔细细翻看了每个志愿者的头像，只希望能够找到日思夜想的那个她。琳锋默念祈祷，一心寻找。当琳锋在小方框里寻回那熟悉的笑容时，那种幸福感比他连投10个三分球都要雀跃。

就这样，琳锋和苑玲互加好友。他们谈仲明谈学习，谈生活谈爱好，谈理想谈未来，谈三观谈世俗。琳锋听说苑玲的艰苦身世，心疼不已；苑玲知道琳锋的爱岗敬业，钦佩万分。琳锋和苑玲，就好像《第一次亲密接触》里边的主角那样，琳锋是痞子蔡，苑玲是轻舞飞扬。

后来，琳锋和苑玲再次见面了。他们相约在彼此熟悉的大学校园里，漫步在林间小道上，一缕明亮的阳光透过树丛映照在他们的脸庞。琳锋心里忐忑不安，七上八下。若是没有殷实的家境，只有一腔真心，不知是否入得她眼？

苑玲亦然，女孩子家的矜持与娇羞让她把很多想说的话硬生生地堵在喉咙里，最后变成一句："琳锋师兄，我喜欢吃雪糕。"

琳锋揣着口袋，欣喜地跑去小卖部买来一个香雪杯送到她手里。此时，琳锋并不知道，苑玲的心早已像那个捧在手里的香雪杯，在遇见阳光的时候悄悄融化，变成了最幸福的味道。

2013年5月27日，苑玲和琳锋终于在一起了。

后来在苑玲的毕业典礼上，琳锋手捧鲜花向她求婚。苑玲的眼泪扑簌扑簌地往下掉，只觉得内心被幸福盈满，仿佛多添一点都要溢出来一般。琳锋的深情俘获了苑玲的真心，他护她一世周全，她共他一生甘苦。

2015年11月20日，苑玲和琳锋去领了结婚证。2016年，他们的宝宝正在慢慢长大，这是爱的延续。2021年，他们的二宝也诞生了。在他们的微信朋友圈，我点赞，并说：三孩时代，加油！

如今，他们在广东省梅州市蕉岭的乡村小学从事教育工作，过着简朴而充实的生活。

琳锋和苑玲只是因为在人海中多看了一眼，便成为彼此生命中最重要的伴侣。弱水三千，他却唯独钟爱这一瓢。他们有着不一样的童年，或艰辛或委屈，因为仲明而有了相遇的契机，因为仲明而又重遇。这些都是冥冥之中注定的缘分，命中注定他们会遇见，命中注定他们会厮守。

这就是仲明学子喜结良缘的故事，朴实而真挚，情场从不比商场、战场，别人用计用谋，你只需用心。"我要吃雪糕""仲明学子用洪荒之力脱单"一度成为仲明学子的热门话题。

这样的故事还有很多，例如中山大学2013级仲明学子风和暨南大学首任仲明服务队分队长丽，2013级华南师范大学仲明学子亮和中山大学仲明学子兰；中山大学仲明学子森和燕……

我的朋友圈评论口头禅：祝愿天下有情人终成眷属；我喜欢吃糖，简单来说就是喜糖！这成为仲明学子们争相复制、评论最多的两个句子。

4　仲明故事

烙进生命里的《道义契约》，如今开出了许多美丽的小花。一个个温暖的故事，便是仲明这一路走来的累累硕果。

我们虽然身处不同的领域，却像兄弟姐妹一样，一起努力而执着地传递着仲明大爱和道义的力量。

滴水缘情

诚信是天空最美的云

无论历史如何变迁，诚信永远是人生不变的底色，永远是天空最美的云。

因为仲明，我结识了很多心中充满爱的仲明学子，他们有的与我年龄相仿，有的比我小很多，但大家对仲明、对经济困难学子、对这个世界的爱，是一样的。这些年来，我们虽然身处不同的领域，却像兄弟姐妹一样，一起努力地、执着地传递着仲明之爱和道义的力量。

我和仲明学子林倩云相识于2003年。

那时，因为仲明助学金，我应邀到北京中央电视台录制节目；而前一年林倩云在广州的家里参加了中央电视台《半边天》栏目组的拍摄。

当时，中央电视台著名主持人张越带领剧组工作人员到林倩云家里拍摄《诚信》节目，林倩云是主角；拍摄期间，林倩云家里的电线竟然负载不起摄制组的灯光功率需求，这一度成为剧组感叹的话题。我去北京前，专门联系了她，因为她对仲明《道义契约》的坚守，给我留下了深刻的印象，同时也为她自己赢得了内心力量和人格尊严。

林倩云出生于广州市番禺区小谷围岛。20世纪90年代，广州大学城还没有落定于此，这里只是一个十分偏僻、贫瘠的孤岛。林倩云从小生活在这里，是岛上有名的会念书的女孩子。林倩云是广州师范学院（今广州大学）轻化系97级食品工程专业的学生。那些年，她父母做买卖时大部分货款都是自家垫出去的。倩云高考前不久，一个客户不守信用卷钱跑了，导致她家里一下子欠了供应商一笔巨债。所以，尽管成绩优异，倩云还是面临着辍学的窘境。

为了挣学费，林倩云高考完就和母亲找了一个在公用电话亭收费的活。不久，她被广州师范学院录取，但她父母筹不够学费，最后是她爷爷奶奶把仅有的4000多元养老积蓄给她交了学费。上大学后，她非常珍惜读书的机会，周末还回家帮母亲看电话亭。可由于债主不断逼迫还债，母亲不堪其苦。看到母亲痛苦的样子，她于心不忍，想辍学一两年，挣点学费和家用后再读。

学校辅导员了解她的情况后说:"其实你不需要辍学,而且你这样做,不但帮不了你母亲,也荒废了学业。现在学校有'仲明助学金',可以帮助你。"

她当时就感动得哭了。1998年10月,在老师的帮助下,她申请了仲明助学金,然后又通过勤工助学、兼职做家教解决生活费。她终于可以安心学习了。

2000年夏,林倩云大学毕业出去找工作时,最大的愿望就是尽快回捐仲明助学金。尽管没人催她,但这笔钱却成了她心里一个沉重的负担。因为从获得助学金那天起,她就非常明确地告诫自己:一定要守信用,一定要回捐。她的这种信念,一是源于《道义契约》的力量,二是源于她家里的遭遇——她最恨那种不讲诚信的人。

为此,林倩云找工作时没有挑三拣四,她很快就进了一家偏僻的工厂工作,每个月工资仅800元。她想,只要自己节省着花,一年就能攒够5000元。

她之所以选择广州郊区那个工厂,是因为厂里有宿舍,还有食堂,周围没什么娱乐,消费比较低,这样就能节省钱。她想,如果在市区,即便能找到月薪一两千元的工作,除去各种花费,自己可能也会成为"月光族"。

进工厂后,她每天认真工作,下班后就待在宿舍看书。去一趟市区来回都要用100多块钱,她舍不得。就连回家,她也是趁着过节或有重要的事才回。

就这样,林倩云坚持了整整一年,在帮补家用之余,还攒够了5000元。2001年8月28日,她来到羊城晚报社,一次性回捐了她当年受助的5000元仲明助学金。由于她是在这之前第一个也是唯一一个一次性回捐所有受助款的学子,而且是在月收入仅有800元的情况下,她的诚信和毅力感动了在场的所有工作人员。

当被问到为什么毕业才一年就全部回捐时,林倩云说:"其实开始的时候,我只是想着回捐这个钱,但后来深入地去想,就觉得其实不仅是钱的问题,捐助人不只是叫我去回捐,其最终的目的是想把这种精神发扬光大,让社会上更多的人像他这样去帮助他人。想通这个问题后,我就觉得其实做人都挺有意思了,做很多事不再仅仅是为了钱,人最需要的是精神的满足……"

林倩云这种信守承诺、一次性回捐受助款的精神打动了很多人，也受到了众多媒体的称赞。中央电视台《诚信》节目播出倩云的故事后，这种信守承诺的精神影响更大了。

在节目中，主持人张越问她："对你来说，履行诺言，回捐助学金意味着诚信。但是刚才你也说过，你们家当初身负巨债的原因，是别人没有诚信，才把你们害得这么惨。在这种情况下，你为什么还选择以直报怨？"

林倩云坦率地说："如果我做了违背良心的事，我自己会觉得不舒服。那不是自己打自己的嘴巴？自己最憎恨那种人，如果自己又成为那种人，那自己又是什么？"

她认为，虽然不是所有的人都会守信用，而且守诚信的人可能暂时会吃亏，但她始终相信，诚信是做人之本，是一种责任、一种美德、一种力量。

不仅如此，中央电视台《诚信》节目采访完林倩云后，曾付给她一笔稿费，她立即将稿费的一部分捐给了仲明助学金。

有人说，诚信能使生命散发出善良的光芒。

这种光芒也给林倩云带来了许多好运和幸福。

2006年，林倩云结婚了。我带领几名仲明学子前往她娘家喝喜酒，衷心地祝贺她拥有了美好的人生和家庭。同年，仲明助学金颁发仪式在中山大学举行，我在台上发言，发现她和妹妹一起在下面坐着。我问她为什么带妹妹过来，她说："我特意带妹妹过来感受一下这种气氛，让她学会珍惜生活，诚信做人……"

那年以后，我们保持紧密的联系。每年的仲明助学金颁发仪式，还有顺德敬老院志愿活动、各种公益活动等，她都参与了，且始终都是那么热心。

2013年正月初十，我带着孩子到林倩云家里做客拜年。当天是她所在村——广州市番禺区官堂村的庙会，甚是热闹。她和家人热情地邀请我吃村里的大围餐。她生了一儿一女，生活美满。我们一边吃，一边谈论着曾经与仲明的缘分以及一起做志愿者的快乐时光，她笑起来时，脸上的红晕就像天边美丽的晚霞。

2015年，仲明学子刘国兴（广东博昊实业集团董事长）找到她，邀请她加入自己创办的公司，主要负责财务出纳工作。刘国兴坦言，一个公司的财务通常会选择自己最信任的人,选择林倩云,看中的正是她诚信的品质,以及同为仲明学子这一纽带。

古人云:"人无信不立,业无信不兴,国无信则衰。"

无论历史如何变迁,诚信永远是人生不变的底色,永远是天空最美的云。

毕业仲明学子参加2008年度仲明助学金颁发仪式(左二为倩云)

滴水缘情

爱洒向世界屋脊

心中有爱，哪里都是诗和远方！
用汗水浇灌收获，以实干笃定前行！

2011年11月初，为了做好当年仲明助学金颁发仪式的筹备工作，同时配合新华社记者采访，我受仲明助学金管委会委托，前往广东清远连南民族高级中学拜访优秀仲明学子房秀丽老师。一路上，山高路远，我感受到了什么叫"穷陬僻壤"。

房老师出生于广东省连南瑶族自治县一个普通的瑶族家庭。1996年，她考上了广东民族学院（现广东技术师范大学）外语系。在校期间，她曾两年得到仲明助学金的资助。经过四年的刻苦学习，她以优异的成绩顺利毕业，并取得了文学学士学位。

2000年毕业后，她自愿赴藏从教，成为广东省第一个进藏从教的应届女大学生，在西藏林芝一中任英语老师。她后来返回家乡，在连南民族高级中学担任英语老师。《人民日报》、《光明日报》、《南方日报》、《羊城晚报》、《广州日报》、广东电视台、南方电视台等媒体都报道过她的事迹。

我去拜访她的那天是周六，但由于受当地风俗瑶族盘王节的影响，房老师当天要调休上课。我就在学校等房老师上完两节课后，在其办公室与她交谈。

房老师给我的第一印象就是普通、朴实，比她在电视中的形象更能诠释一名山区教师的风采。她那活泼开朗的性格，像温暖的阳光洒在大山深处。她带我参观校园，并介绍了自己当年去西藏支教的情景以及工作近况等。

时间过得很快，下午房老师又要去上课了。我只能在学校继续等，并悄悄在教室外"偷拍"了几张她上课的照片。

晚上，我和房老师以及她家人一起吃饭。让我意想不到的是，工作超过十年的房老师，当时还是租房子住，她先生在县政府工作，她骑自行车上下班……

要知道，凭她所获得的荣誉，她是完全可以有更好的选择的。

但她选择了山区教育。就像大学毕业时，学外语专业的她，甘愿放弃留在广东进外企的机会，毅然赴藏支教，去离太阳最近的地方播种希望一样。

房老师告诉我，她初到西藏支教时有诸多不适应，但她都努力克服。以前皮肤白皙的她，双颊很快有了藏人都有的"高原红"，肤色也越来越像当地人。

在西藏那几年，她专心支教，很少回广东。因为路途遥远，非常辛苦。她第一次到西藏时，吃尽了苦头：从拉萨下飞机后，没想到去林芝还有400多公里，全是弯弯曲曲的泥路，她坐汽车整整颠簸了八个小时才到；而且那里海拔高，空气含氧量只有平原地区的70%，下飞机不久她就开始发生高原反应，头晕、恶心、腿发软，就像踩在棉花上一般；到林芝的第一晚，她累得快散架了，心想赶快躺下休息就没事了，没想到夜里氧气更稀薄，一缺氧她就憋醒了，只好坐起来大口大口地喘气，没法熟睡……

当时，广东的亲友们知道她的情况后非常心疼地劝她说："要是身体受不了就别逞能了，赶快回来吧。"但她没有答应，她说："我来到这里后，亲身体会到了西藏的教育事业还很落后，很多孩子读不到中学，我一定尽最大的努力帮助他们。"坚持一年后，她就完全适应了，并成为林芝一中的教学骨干。

2004年，房老师回到家乡执教。有一次到广州跟岗培训时，她在大学母校与师生座谈，分享在藏期间生活的点点滴滴。她说："我从不后悔当初的选择，是仲明助学金让我的人生走得更远，所以一毕业，我就觉得应该把这份爱传递下去。现在许多大学生都留恋大城市，不愿到边远地区工作，事实上，有些工作，特别是边远山区的教育，真的很需要我们大学生去奉献……"

房老师的爱心和教育精神让我很感动，也影响了许多仲明学子。实际上，随后几年，在房老师的鼓舞下，还有吴同学、郑同学、徐同学、翁同学等仲明助学金受助者，在大学毕业后也加入了援藏支教的队伍，把爱洒向世界屋脊。

他们之所以这样做，不仅是为了践行仲明助学金的《道义契约》，更是为了让爱与希望在祖国西部开出最美的花朵。

我们每个人都渴望诗和远方，但并非每个人都可以实现这样的愿望。时间不曾等待任何人，时间也曾在美好的旅途稍息。而我们要做的，就是把握好属于我们的时间。因为当下，便是最好的生活。

其实，只要我们像房老师一样，心中有爱，哪里都是诗和远方。

2017年，仲明助学金创立20周年的时候，我带上管委会的冯燕梅老师，再次前往广东清远连南拜访房老师。当时房老师已经调至连南县教师发展中心工作，但是风采依旧，对仲明助学金还是念念不忘。

十多年的志愿者之路，我们一直在路上！再远的路，走着走着也就近了；再高的山，爬着爬着也就上去了；再难的事，做着做着也就顺了。每次重复的能量，不是相加，而是相乘；水滴石穿不是水的力量，而是重复和坚持的力量。成功之道，贵在坚持！

我到连南民族中学拜访房老师

效仿仲明成立助学金

> 如果将来有一天如愿的话,我也会像您这样做的!
>
> ——刘国兴

> 积极的人像太阳,照到哪里哪里亮;消极的人像月亮,初一十五不一样!
>
> ——范绍钦

(一)

华南理工大学的刘国兴是第一个成立个人助学金的仲明学子。2014年,他效仿"仲明",以母亲的名字命名助学金。出生于河南省农村的刘国兴,因为获得仲明助学金比我晚一年,被称作"二师兄"。我有幸与刘国兴结识,自然也是缘于仲明。这些年,很多公益活动中都有他的身影:我和他一起前往广东清远参加公益活动;和他一起前往敬老院开展敬老活动;多次坐上他的爱车,前往广东梅州嘉应学院、广东潮州韩山师范学院和仲明学子交流,我也从他身上看到了许多感人的故事。我们一起吃饭,我请客,他"买单",成了他的口头禅,也是我的心结。

"以前家里穷,只能以红薯饱腹,经常吃得胃反酸。"刚上大学时的刘国兴,日子过得并不容易:父亲很早就去世的农家,能够供出四个大学生,负担可想而知。为了不增添家里的负担,刘国兴一入学就四处寻找勤工俭学的机会。"我是我们整个学院里面勤工俭学做得最多的,看守宿舍、球场,甚至扫大街我都干过。"

在兼职扫地期间,刘国兴成为仲明助学金的受益人。用他自己的话说——从此,他可以每天放心地吃上一顿带肉的饭。更重要的是,他的内心受到了巨大的触动和感染,学会了感恩与守信。

大学期间,刘国兴常常会拿出《道义契约》看一看,总想对捐助人表达点什么。可在那个通讯不便的年头,在不知道捐赠人是谁的情况下,刘国兴只能寄情于信:"仲明助学金捐助人,您好!……将来,我希望像您一样,成为对社会有贡献的人!""我一定会出人头地的,如果将来有一天如愿的话,我也会像您这样做的!"

大学毕业后的几年里,他再次遭遇磨难:工作和创业不顺,母亲突然离世……

"'人穷志不能短',杨国强先生的这句话让我受益终身。"刘国兴说道。2008年,刘国兴创立了广东博昊咨询公司,开启了创业生涯。与所有的创业者一样,起步都是举步维艰的。但到了2010年,他的事业终于小有起色,公司有十多名员工。他多方寻找当年的捐助人,不仅向仲明助学金回捐了当年全部的资助款和利息,而且自那以后,无论是仲明助学金每年的颁发仪式,还是山区高校与受助学子间的交流会、仲明志愿者活动以及仲明学子的捐赠活动等,他都会热心参与。延续着《道义契约》的精神,刘国兴在广东技术师范学院(现广东技术师范大学)设立了以自己母亲名字命名的"宋秀琴助学金",以感恩和缅怀母亲的养育之恩。他直言:"仲明助学金最大的成功之处,就是让爱心薪火相传。"

刘国兴在公益活动中经常以仲明学子的身份担任主持人,用自己的经历勉励师弟师妹们。刘国兴以其幽默风趣的性格,成为仲明学子的"偶像"。在2012年仲明助学金的颁发仪式上,他获得了由杨国强先生颁发的"仲明爱心大使"称号。他说,一个人,诚实一些,早日兑现诺言,给自己带来的将是没有精神桎梏的人生。他甚至觉得,自从参与了许多公益活动,内心的正能量越来越多后,无论是事业,还是生活,"运气"都好了很多。

经过十多年的打拼,他创立的企业已成长为国家高新技术企业,员工规模近三百人,年纳税突破千万元。

刘国兴兑现了当初签订的《道义契约》的诺言,也一直坚守着"将来,我希望像您一样"的誓言。

2015年4月,我受邀参加"宋秀琴助学金"颁发仪式暨励志报告会,和刘国兴再次相聚于广东技术师范学院,再次聆听他的成长经历和奋斗故事。一张张旧照片,记录着一段段感人的故事。看着工作无比忙碌的他,白头发比我的还多,却依然常常抽空用心出力出钱出席各种公益活动:2020年新冠肺炎疫情暴发时,刘国兴向广东省钟南山医学基金会捐赠了10万元科研经费,用于研究新冠病毒。2022年春,刘国兴履职政协第十四届广州市委员会委员,努力为广州科学技术发展建言献策并付诸行动。

刘国兴兑现当初的道义承诺。此后,他再也没有缺席过仲明助学金的颁发仪式。自2015年来,每年的颁发仪式,他都会推掉所有工作,准时出现在仪式现场并担任主持人。2018年11月11日,他在主持仲明助学金颁发仪式时,以亲身经历勉励新受助的仲明学子们:"人穷不要怕,志气不要短。经历苦难和挫折,更能让我们成长,所以不要抱怨社会和别人,只要自己争气,白手起家是可以实现的,我们一样可以过上幸福的生活!"这些都让我感触良多!

2022年10月18日,广州科奥信息技术有限公司出资1000万元设立的"华南理工大学科奥学术交流基金"举行签约仪式,该公司的创办人正是刘国兴。此次捐赠既是饮水思源的善举,也是刘国兴送给母校的一份尤为厚重的生日礼物。

我和刘国兴(左一)在"相约仲明 助力成长"分享晚会上

这些年来,他几经搬家,许多物品早已遗失,唯有这张《道义契约》,他一直视如珍宝、悉心保存。多年过去了,尽管纸张已经泛黄,但页面依旧平整,几乎没有折痕。

（二）

范绍钦也是来自农村的孩子，自幼家境贫寒。1997年他考上了暨南大学生物系。但是因为父亲中风丧失劳动力，为了给父亲治病，花光了家里仅有的积蓄，因此上大学的费用成了家庭很大的负担。在最苦难的时候他得到了仲明助学金的帮助，顺利完成了学业。

毕业后，范绍钦做过保险、房地产销售、实验室仪器销售等工作。刚有点积蓄的范绍钦就立即联系仲明助学金管委会，回捐了3000元助学金，并且额外多捐了2000元。

2010年底，范绍钦选择了创业，创办了广州合众生物科技有限公司，专业从事生物仪器设备的推广及技术服务。2012年，随着公司的逐步发展壮大，他提出设立"合众助学金"，并得到了公司董事会的支持。"合众，顾名思义，即是'一人一口饭，人人有饭吃'的意思；倡导众志成城、凝聚力量的精神，这无论对我的公司团队，还是对助学金的设立，都是一种莫大的激励。"范绍钦说，"十多年来，始终对当初在我最困难最消极的时候给予我帮助的仲明助学金念念不忘，从接受助学金的那一刻起，我就暗暗对自己说：等有能力的时候，我一定要像这个好心人一样帮助更多的人；我希望通过自己的一点微薄之力，帮助更多的学子。虽然现在我们的力量还不够强大，但我相信心有多大，成就就有多大。"

随后几年，范绍钦在繁忙的工作之余，还不断到各地参加志愿活动。例如，回母校暨南大学作励志报告，勉励在校学子；到贵州省兴义市木贾干沟小学进行暑期支教活动；资助江西灵谭金城小学等山区小学，为小学增添课桌、图书、学习用品、体育设施等；资助南方医科大学和暨南大学等品学兼优的经济困难大学生；资助中山大学博士生"笃行"论坛，助力科研成果转换……

"合众助学金"的资助对象已覆盖了山区贫困小学、品学兼优的经济困难大学生以及专注科研的博士研究生，至今已资助100多名品学兼优的贫困大学生，累计捐款超过66万元。记得2013年10月25日，我应邀参加南方医科大学"合众励志奖学金"的颁发仪式时，范绍钦给我留下了深刻印象。他在精彩演讲中勉励学弟学妹们说："经济困难是暂时的，无论贫穷还是富裕，只要我们的爱心在一起，彼此就会感受到温暖。"

我和范绍钦（右一）在 2013 年合众励志奖学金颁奖仪式上

2020 年岁尾，新冠疫情来势汹汹。除夕夜，范绍钦书写请愿信，号召公司同事全力支持南方医院医疗队一线抗疫，捐赠了一批医疗队急需的病毒检测仪器和耗材。

范绍钦践行"助学·自助·助人"的公益理念，得到社会各界的广泛好评，获得 CCTV、人民网、《南方日报》、国强公益基金会等媒体机构的采访和报道。

滴水缘情

赤子之心仍未改变

大人者，不失其赤子之心者也。

——孟子

当年仲明学子写给仲明捐资人的信件，至今大部分依然保存着。我有幸看了仲明学子刘水流当年的已经褪色的几封信件，我把信件拍照发回给刘水流，和他一起重温那段艰难的求学日子及故事，他很高兴。他又给仲明捐资人写了一封信，信中说："杨主席，我很高兴写信告诉您，当年那个您资助的内向男生，现在已经成长为一个有担当、有责任的男人，他已经可以为家人撑起一片天，为社会做出自己微薄的贡献，兑现了当年《道义契约》上的诺言，谢谢您！岁月荏苒，赤子之心仍未改变……"

在2011年仲明助学金颁发仪式上，我和刘水流结识。往后的志愿者活动及颁发仪式上，经常有他的身影。

刘水流生长在汕尾海丰的一个六口之家，父亲是一名受人尊敬的教师，母亲务农。如果不是父亲的离去，这个并不算富裕的家庭，生活本应过得相当顺遂。

1998年，刘水流攥着母亲从亲戚那里凑齐的3500块学费入读广东民族学院（现广东技术师范大学），因为家里为父亲治病花光了积蓄，刘水流一入学就面临着失学的危机。在他最无助的时候，仲明助学金给他指明了方向，告诉他人生不应止步于此。

作为1998年和1999年连续两年获得仲明助学金资助的仲明学子，他经常写信向捐资人汇报学习及生活情况，通过《羊城晚报》仲明助学金管委会转交给不知名的仲明捐资人。

为了信守对仲明助学金《道义契约》的承诺，毕业后的刘水流在2010年如数回捐4000元的助学金。在2011年仲明助学金颁发仪式上，刘水流第一次见到当年匿名资助的企业家——国强公益基金会荣誉会长杨国强先生。"当时我兜里揣着俩信封，一个信封里面装着5000元（其中1000元为利息）的捐赠款，一封信交给当年资助我的人。"杨国强顺手就将装着回捐款的信封给了仲明助学金的工作人员，却把信放在贴身的上衣口袋里，这个细微的举动让刘水流很感动，至今记忆深刻。

几经波折的人生遭遇，现在的刘水流已是广东省佛山市南海区狮山镇公务员，也是一名有着22年党龄的老党员。他扎根基层，积极进取，爱岗敬业，为民解忧，曾当选为佛山市、区、镇党代表，也曾被评为市先进个人和镇街优秀志愿者。在"绿水青山就是金山银山"提出后，他担任镇环保办主任，扭转被动局面；在"大力推进乡村振兴"提出后，他曾负责农村农业发展和乡村振兴等工作。他发动党员干部发挥带头作用，率先清理自家屋前屋后的杂物，动员村民将闲置的空地利用起来，搭建起"小花园""小菜园""小果园""小公园"。2021年，在佛山市第二季度农村人居环境整治专项检查中，狮山镇象岭村、南浦村相继在暗检行政村（社区）中排名第一，获得佛山市农业农村局表彰和百万奖励。目前他主要负责消防安全工作，守护一方平安。

刘水流说："杨先生说过'捐是为了不捐'，我希望我能够和我的仲明小伙伴们一起更加努力地实现它。"

2015年起，刘水流每年都带太太和儿子参加仲明助学金颁发仪式，"太太非常支持我回来做公益；儿子现在和其他'仲明二代'都成了好朋友，我也希望他通过从小接触公益，成长为向上、积极、感恩的人。"刘水流说。

我和刘水流（右二）等参加2018年度仲明助学金颁发仪式

滴水缘情

缘散缘聚，情暖人间

一颗善良的心，和谁相伴都能长远！

2015年6月，听到根爷要出国工作的消息，我们都感到很意外，似乎瞬间被一种千里万里的距离感所击中。在祝福根爷前程似锦的同时，我们内心充满了深深的不舍，因为早已习惯了公益路上有根爷的一路陪伴，不知不觉我们已经建立了深厚的友谊！

不经意间，几年的光阴里，根爷如一抹温暖的阳光，早已照进了我们的生活。桌子上还放着根爷春节从甘肃老家带过来的特产，我一直舍不得吃。恍惚间，关乎根爷的点点滴滴慢慢浮起。

根爷姓王，名字带有"银"字，2007年以优异的成绩从甘肃考上中山大学计算机专业，也在同年加入了仲明大家庭。据根爷说，某次上课老师点名时，因为"银"与"根"相似，老师把"银"错读成了"根"。从此"根爷"的雅号便不胫而走，以至于在仲明小伙伴的群里也声名远播。

根爷毕业后从事网络程序开发工作，常常自我调侃：少壮不努力，老大做IT，久久不脱单。毕业不久，根爷省吃俭用，从不多的收入中每月积攒，回捐了当年的仲明助学金。仲明的很多志愿活动中，都有根爷忙碌的身影。

自从根爷加入1500多人的仲明学子QQ总群后，群里便欢声笑语不断。我把他设置为群管理员，他把总群管理得井井有条。2012年，在广东技术师范学院活动后聚餐时听说了根爷的故事后，师兄余宇辉专门为他建立一个"根爷征婚群"，里面有不少仲明学子，且大都是单身男女，在工作之余，我们便在群里面调侃，给东子、竹子、燕子、黑子、风子、飞子等小伙伴们带来了无尽的欢乐。我们都为根爷的脱单大业操碎了心，而此时根爷总是一副云淡风轻，仿若看破红尘的高人模样。

2013年，我带领仲明志愿者在广州增城凤凰城睦邻社区进行公益演出。根爷短时间内就能脱稿领读，且语调铿锵，一"脱"成名。我们饱含深情的演出感动了凤凰城1000多名来自全国各地的业主。

2014年，根爷作为仲明助学金颁发仪式的志愿者，带领新生仲明学子参加素质拓展训练，给师弟师妹留下了深刻印象。他还是舞台多媒体的操控者，经常忙碌到深夜，直到确认每一个环节都准备妥当才去休息。那年，为了办好仲明助学金颁发仪式，他不得不露天吃盒饭。由于怕被师妹看见，影响他的"光辉"形象，他悄悄走远，躲在楼梯上吃饭。不过还是被我们偷偷地拍下来了，这也成为"根爷征婚群"的宝贵素材。

2015年，广东技术师范学院公益服务队成立，根爷又一次脱稿演讲一小时，师弟师妹们都感动不已。在中山大学"有益共享"交流会上，他侃侃而谈，分享了一路走来的人生故事，以及学习和工作的经验与教训。辛酸隐去，拥抱温暖；岁月长情，感恩仲明。

有一次，我在工作中遇到一个十万级别的Excel数据要整理。根爷下班之后来帮我忙，陪我忙了多个通宵，最后顺利完成任务。每每想到此事，我都感激涕零。根爷热情助人，也乐于付出。有一次，仲明学子在广州大学城聚会，趁我们不注意，他就偷偷地把单买了。

突然间，根爷就要出国工作了，下次相聚不知何年何期，心里着实有点伤感。我们找了一个餐馆，给根爷送行。根爷说：人生总是很累，你现在不累，以后会更累；不要在该奋斗的年纪，一味地选择休闲；世界这么大，趁年轻出去看看。东子（玲）改编的歌词很贴合我们的心情……

> 轻轻的你将离开我们，
> 漫漫长夜里未来日子里，
> 亲爱的根爷别为我们哭泣，
> 前方的路虽然太凄迷，
> 请在笑容里为我们祝福，
> 虽然迎着风，虽然下着雨，
> 我们在风雨之中念着你，
> 没有你的日子里，
> 我们会更加珍惜自己，
> 没有我们的岁月里，
> 你要保重你自己，
> 我们问你何时归故里？
> 我们想大约会是在冬季……

春去春又来，大雁北归几度。所有的再见，都是为了更好的相逢；所

滴水缘情

有的遇见，都是一场美丽的邂逅。2016年6月，根爷回国工作了。我们又找了一个餐馆，给根爷接风洗尘。根爷带来了外国的特产，我们到者有份。国外的工作经历让根爷越发成熟稳重，乡土气息里也多了点异域风情。虽然没有带回根嫂，但是往后的仲明活动又多了他的身影。

一年前，还在"根爷征婚群"群调侃根爷脱单事宜，没想到很快便有了爱的回响。2018年5月5日，根爷请我们去佛山喝儿子的满月酒。我携众仲明学子参加，看到根爷根嫂郎才女貌，儿子胖嘟嘟的很是可爱，一家三口其乐融融，我们都非常羡慕。

我在微信朋友圈发了一段图文，收到众多仲明小伙伴的点赞。祝愿天下有情人终成眷属。

我的朋友圈对根爷的祝福

根爷

如花女孩，拾爱前行

人生际遇如缘分环绕，我如今一生奉行的善，
不正是源自仲明的爱么？

巧玲不是仲明学子，但她与仲明却有着不解之缘。

2013年，巧玲17岁。17岁，正是花季年华。生在潮汕家庭的巧玲在现实生活面前却困惑了——一面是姐姐收到的肇庆学院的通知书，一面是叠得高高厚厚的高考复习资料，一面是父母难以负荷的生活重担。无数个辗转难眠的夜晚后，她最终红着眼睛跟母亲说："妈，我不读了，去工作吧！"她父亲在身旁深深地叹了一口气。

这样的选择，对于一个17岁女孩来说太过残忍，而生活从来不会手软。那时，她无所适从、彷徨无措，毕竟读大学是她从小的梦想。所幸，喜欢文字的她未曾放下手中的笔杆子。凭着一股不服输的倔强和对知识的渴望，她工作之余出入图书馆，刻苦学习。

我在校外兼职上辅导班的课，巧玲刚好是我的学生。我告诉巧玲："中途辍学其实也可以读大学，你报名参加成人高考或者自考吧，一样能学到知识，改变人生。"

求学之路尚远，人生之路却跌宕起伏。巧玲在顺利考上广州大学后不久，却被告知母亲身患癌症的消息，身在异乡的她心痛着急、寝食难安。在赶回汕头的路上，巧玲在电话里和我聊起了心中的忧愁以及命运的不公。为鼓励巧玲，我说："你要相信人生所经历的事情都自有安排，你听说过仲明的故事吗？如果有，你就一定要相信幸福是靠自己奋斗来的，只有知识才能改变命运；只要相信人间有温情，便不会被社会辜负……"

我向巧玲讲述了仲明助学金的起源以及我签署《道义契约》并成为仲明志愿者的故事。一番叙说后，她的心灵受到了震撼，一路上她思绪万千，暗想：做志愿者就是行善。日行一善，积善成德，何不借此机会为母亲积福？

于是，不久，她提出了加入仲明志愿者队伍的申请。从此她便成了仲明志愿者队伍中的一员。

巧玲是个天真善良的女孩儿。她说，最初是抱着为母积福的愿望加入仲明大家庭的。但正是这么一个简单的愿望，让仲明家人看到了她心底的那份纯粹的良善；也正是这份善良的坚持，使她将仲明志愿者的道路走成了一条"拾爱"之路，留下了动人的身影。

仲明大家庭都是来自各大高校的学子，因为自己不是全日制大学生，在他们面前，巧玲一开始感到自卑，但很快她便感受到这个大家庭的温暖。仲明家人给予她自信和勇气，让她感受到亲人般的温暖，她也获得了大家的友情。

经过一年多的志愿服务，巧玲发现，原来做志愿者是这么幸福的事情，更加深刻地认识到"仲明"的意义——帮人助己，受惠社会，回报社会，让爱薪火相传，这才是做公益的真谛。

在一次次参加志愿者活动后，她更觉得做公益就是很多人共同在做一件"小小的事情"，并且要把它做细、做巧、做精，做到打动人。她乐意为仲明做一切事情，因为仲明就是她心中的皎皎明月：银华之下尽是柔情与诗意，前方的路纵然黑暗也不再惧怕。

后来，在仲明助学金颁发仪式上，看到许多贫困学子因得到资助而得以继续求学，不用像她当年那样无奈辍学，巧玲就感动不已。她希望有一天能尽自己的力量帮到更多人。

爱是可以传递的，只要人人都以真心换真心，奉献出心中的爱。像巧玲和所有仲明学子、志愿者一样，把仲明爱的火炬传递下去，就一定能形成一个大大的希望之圈。这个圈最终会像一轮红日高挂天边，照亮前程、温暖世界！

巧玲一路拾爱、一路成长。自2013年首次参加仲明志愿者服务以来，她每年都会积极参与仲明的活动。2017年10月，她母亲永远离开了。在那段黑暗的日子里，她曾失魂落魄，痛苦不堪，但最后善良的初心拯救了她，唤醒了她生活的希望。当年11月，她大大方方地笑着出现在仲明助学金20周年的现场：她带着母亲的希冀，勇敢地为爱再一次出发。

2017年12月，巧玲再次参加茂名化州山区助学访查活动。记得第一次下乡访查时，她跟着我走在山路上，小心翼翼；而这次，她以小队长的身份带队穿梭在山间小路，无畏无惧。访查期间，她认识一个女孩，尽管身处单亲、经济困难的家庭环境，女孩儿仍有一双灿若星眸、爱笑的眼睛，这深深触动了她心底最柔软的地方——笑容，原来就是抵挡所有苦难的最好魔法。

在仲明志愿者活动中,巧玲曾两次担任仲明素质拓展小组的组长,一次担任素质拓展教练,并积极主动参与每次活动的策划,成为独当一面的"师姐";在2018年仲明助学金颁发仪式上,作为志愿者在幕后付出的巧玲,站在后台,听到新一届受助学子的一番发自肺腑的发言和台下如潮般的掌声时,她笑着哭了。

因为仲明,巧玲变化很大,就像一个女孩儿脱下白色球鞋换上了高跟鞋,脱下可爱的毛衣换上了成熟的风衣,从腼腆生涩变得自信勇敢。她说,这些年里,风雨骤变,人情冷暖,但不变的是她永远年轻、永远温热的情怀和感动。

因为仲明,巧玲的职业道路也朝着与爱同行的方向发展。她选择了无偿献血的公益事业,为促进无偿献血事业的发展努力奉献自己的力量,一步一个脚印走向不同的城市。倾听世事无常,以一支笔写出无数平凡又不凡的献血者的传奇人生。她说:"仲明助学金改变了许多人的一生,而无偿献血拯救了无数人的生命,这种爱和善良是相通的,人生际遇如缘分环绕,我如今奉行的善,不正是源自仲明的爱么?"

是的,仲明之花绽放,芳香四溢。巧玲因为遇见仲明而变得乐观向上、热爱学习、乐于奉献,并且拾爱前行,未来可期。我深深感动之余,再次体悟到道义的力量。

2020年12月19日,巧玲结婚了,我以"家长"的身份偕一众仲明学子参加,并主持"大局"。

巧玲(前排右一)大婚,我做"家长"主持"大局"

滴水缘情

有你们做伴，我不孤单

何妨云影杂，榜样自天成。

——（宋）张镃《俯镜亭》

不知不觉间，仲明助学金已坚持了 25 年。她走过的岁月，确实比很多新受助仲明学子的年龄还长。

黑夜不孤单，是因为有月亮做伴；花草不孤单，是因为有阳光做伴。

在公益路上，我一直不觉得孤单，因为有一群志同道合的兄弟姐妹，与我一起，合力开展志愿服务，将爱心薪火相传，共同助力经济困难学子的成长与发展。无论贫穷还是富裕，只要我们的爱心在一起，彼此就会感受到温暖！一个个生动鲜活、可信可学的先锋模范骈兴错出，我们将仲明的善举不断播种，让仲明大爱依旧绿荫如盖。

> 聚集道义能量，以智慧、慷慨、用心和深切的关爱支持教育，强国兴邦，让慈善智慧和仁爱精神得以弘扬，让"仲明"之星闪耀爱与良善的光辉，让"仲明"之树根深叶茂，基业长青，让社会因"仲明"的存在而更加美好！"

这是印制在仲明助学金《道义契约》上的一段话。

在这份《道义契约》的背后，仲明学子不仅仅是在兑现回捐的庄重承诺，更体现了他们传承大爱、回馈社会的精神价值。

现在看来，这远远不只是一份简单的承诺，而是沉淀许久的对社会的担当和使命。

每年的仲明助学金颁发仪式，或者每次在各高校举行的座谈会，我们都会邀请一些事业有成、富有爱心的优秀仲明学子和新生们交流。他们与同学们分享受助以来在学习、生活，以及工作方面的感受及经验，指引学弟学妹们树立正确的人生目标，并鼓励大家乐观地面对生活，引发大家的共鸣。

仲明助学金成立 25 年来，昔日的受助学生已然成长为各行各业的佼佼者。他们，有的是教师，有的是医务工作者，有的是科研工作者，有的是创业者，有的是企业家，有的是基层公务员，还有的是军人、律师……他们分布在各个行业，在各自的领域，积极向上，顽强拼搏，不仅取得了不错的成绩，而且大部分都是"尖子生""标兵""骨干"，获得了各种各样的荣誉，很多还是共产党员。他们的事迹真的很感人、很励志。

但他们只是成千上万仲明学子的缩影。在仲明促进会的不断努力下，仲明会凝聚更多优秀的"他们"——像刘国兴、范绍钦、刘水流、根爷这样优秀的仲明学子，像巧玲这样因仲明而结缘的人——让仲明之火生生不息。

1997年仲明学子钟建文

钟建文是目前所知的较年长的仲明学子，他仁心仁术，用温暖医术守护儿童健康，获省、市级多项荣誉。

有着25年党龄的钟建文，现任南方医科大学深圳医院儿童耳鼻喉科主任医师、广东省仲明助学志愿服务促进会副会长。他在回顾自己与仲明助学金的渊源时感慨："人生在世，唯有心和术。先有一颗仁心，才有可能苦研仁术。"

1994年的那个夏天，收到暨南大学医学院临床医学专业的录取通知书的钟建文激动不已。1997年在校期间他签下《道义契约》，与仲明结缘。以优异成绩毕业并成为一名医生后，他按《道义契约》的约定，除了全额回捐了3000元受助金外，还额外捐了2000元。

毕业后的钟建文成为广州市儿童医院耳鼻喉科的一名医生。他在2010年的一次紧急抢救中，在面对若抢救失败则会惹来"一身麻烦"的危急时刻，仍毫不犹豫地将病人送进手术室与死神赛跑。所幸手术很成功，他的坚持，挽回了一条宝贵的生命，更挽救了一个家庭。

从学医到行医的20年里，钟建文未曾敢忘"仁心仁术"的信仰及为人处世的准则，"仲明的雪中送炭帮我渡过难关，也给了我信心"。钟建文专攻小儿耳鼻喉及儿童睡眠呼吸障碍性疾病的研究和临床工作，独立完成小儿睡眠呼吸暂停综合征等离子手术超过10000例，独立完成喉乳头状瘤、食道异物、呼吸道异物等复杂高难度手术合计超过3000例，获广州市政府科学技术奖励科技进步二等奖（2008年）、广东省优生优育技术进步金域奖三等奖（2010 年）、深圳市"优秀医师"荣誉称号（2020 年）等奖励。

2006 年仲明学子袁颖

袁颖曾是一名十年资历的资深公益记者，为弱势群体鼓与呼，个人筹集善款超 200 万元，现任广东省仲明助学志愿服务促进会副会长。

2006 年，袁颖作为艺术生入读广东技术师范学院。此时，因其母亲的事业正面临着亟待解决的难题，面对高昂的学费一时间难以负荷。是仲明助学金的关爱，温暖并帮助她渡过了难关。那时袁颖并不知道捐赠者是谁，但是捐赠者不求回报，只期望受助者学会感恩和回报社会的博爱，让袁颖深受感动。为此，她立志有能力时要加入助困行列，成为一名公益记者，身体力行地回报社会。

毕业后，袁颖不仅如数回捐了助学金，同时也风雨兼程地奔赴道义约定。从 2010 年起，袁颖上山下乡为弱势群体发声，专访大爱救助类的民生故事。任职记者及编导的十年里，袁颖深度报道和策划制作的民生专访累计 113 个，其中公益救助类策划节目，单集最高筹集善款达 62 万元；2010—2013 年公益救助类策划节目，个人筹集善款累计达 250 万元，其间为栏目发起成立"爱心专项基金"，并担任栏目爱心特使。

2001 年仲明学子曹杏安

仲明学子曹杏安是广州名能节能科技有限公司董事长，他的公司取得了行业领先的地位。如今的他将今天的成绩归功于 20 年前仲明对他的影响。他兢兢业业奋斗十多年，以科技赋能绿色环保，免费为全国高校提供中央热水系统解决方案。

2001 年，曹杏安考上华南理工大学。家里既高兴又为难：高兴的是，家里出了第一个大学生；为难的是，一个贫困的七口之家，在解决温饱之后实在难以拿出余钱来支付学费。得知曹杏安的窘况，学校辅导员为他申请了仲明助学金。也是在那时，曹杏安树立了正确的价值观——"穷则独善其身，达则兼济天下"。

毕业后，曹杏安感念于社会和仲明助学金的爱心帮助，于 2017 年新年向仲明回捐了 20000 元。曹杏安说："当年我得到了 2000 元仲明助学金，这对当时刚到广州的我来讲非常重要。仲明不仅在我最困难的时候给了我帮助；更重要的是在我的心里种下了爱的种子，使我在日后无论学习还是生活，或者工作，都用一颗爱心真诚待人。"

曹杏安带领团队研发的"低温工况喷气增焓热泵装置"获得多项专利权，解决了国内偏远低温地区学校的热水供应难点以及痛点。他还免费为全国高校提供校园中央热水系统的全套解决方案，惠及国内六个省份的数十所高校，每天约 40 万名师生受惠。

2012 年仲明学子林晓掀

仲明学子林晓掀，如今已是广州秒可科技有限公司 CEO，专注于职业技能在线教育研发；同时也是一名紧跟新时代步伐成长起来的共产党员。

2012 年，林晓掀考入中山大学管理学院，但是父亲的生意却正面临投资危机，一时间，他的学业也受到了极大的影响。所幸，学校了解情况后，推荐他申请了仲明助学金。这不仅解决了他的学业之困，更升华了他的人生理想，如同《道义契约》上那深沉的嘱咐，作为祖国伟大复兴新时代的青年，应当"穷且益坚，不坠青云之志"。

在仲明"让爱薪火相传"的公益理念影响下，林晓掀更懂得了新时代青年肩上责任之重，亦能常怀感恩之心刻苦钻研学业，希望实现先自助再助人。为此，从大一开始，他就通过家教、兼职、创业项目以及每年的奖学金，实现了经济独立。

2015 年，林晓掀以优秀的专业成绩顺利获得了硕士研究生的保送资格；同年他与大学同学一起创业。2020 年，在其创办的公司步入正轨后，林晓掀联系仲明助学金管委会完成了回捐，将这份爱心传递下去。

2021 年是十四五规划的开局之年，中国职业教育正在从创业时代的"供给式教育"向互联网时代的"人才式教育"转变。林晓掀的公司作为专注于职场在线教育领域的科技企业，迎来了政策利好和资本青睐的双重优势发展"黄金时期"。但同时，创业的过程是曲折且艰苦的，长达六年的摸爬滚打，他在不断"试错"中练就了百折不挠的韧性，也积累了技术研发的经验和资源。因此，他所带领的秒可科技，在业内创新研发了"游戏闯关 AI 交互式课程+助教贴心指导答疑+社群结伴学习"的教学模式，帮助学员真正学会职场硬技能，加速其职场成长与能力进阶。

2021年9月，林晓掀成功入选福布斯中国2021年度30岁以下精英榜。

经过六年的创业，林晓掀的公司最新联合创立的"秒可职场"项目自2020年初启动运营，至今已推出了数十门职业技能课程，累计服务学员上百万人次。该项目获得2020年回响中国——腾讯教育年度盛典"最具影响力在线教育品牌"，拥有数十项作品登记证书、软件著作权证书、专利等知识产权。

2013年仲明学子张恒亮

仲明学子张恒亮，华南师范大学硕士研究生。他现在是深圳市南山区西丽学校的一位老师。张恒亮14岁那年，家里发生巨大变故，一连失去包括父亲在内的三个亲人，他成为家中唯一的男丁。现实逼迫他在一夜之间快速成长，家里的沉重债务，令他在中学期间就已经做过捡废品、游泳教练、商业活动主持人等多种类型的兼职，以独立承担自己的学费与日常开销。

2013年，张恒亮以体育第一名的成绩考入华南师范大学。当这位"村里的第一位大学生"面对大学生活费、学杂费等费用一筹莫展时，仲明助学金的到来，为他打开了另一扇窗，"为我们家带来了曙光，帮助我得以完成大学学业"。

2013年，张恒亮与仲明助学金签下《道义契约》，许下"有能力时要回报社会"的诺言，同时递交了入党申请书。在大学期间，从本科生到研究生，张恒亮牢记饮水思源，兢兢业业地在党务工作岗位上坚守了七年，从思想到行动都向党组织看齐。在仲明的公益理念影响下，张恒亮大学期间积极投身志愿服务，坚持每年通过公益慈善组织帮助生活困难的学子，也因此先后获评"中国大学生自强之星""广东好人"和"清远市时代楷模"等称号。新冠肺炎疫情发生以来，张恒亮参与了公益节目《愿望成真》的制作，筹集防疫款物共约250万元人民币，累计帮助2306户困难家庭实现"微·愿"，以一己之力回报社会，帮助更多需要支持的人。

在2021年仲明助学金颁发仪式上，张恒亮代表历届仲明学子现场发言：

……在仲明精神的鼓舞和激励下，我时刻珍惜在校学习的时光，我曾作为学校党员代表到井冈山接受红色革命教育，也曾考取学校创业基金到新加坡南洋理工大学进行研修,还曾到韩国汉阳大学和华东师范大学交流学习。在华师,我第一次坐火车,第一次坐飞机,第一次走出大山,第一次迈出国门。然而,当日在仲明助学金颁发仪式上签订的《道义契约》却时常浮现在我的脑海,妈妈说过的话也经常回响在我的耳边,她说:"做人要有一颗懂得回报的感恩之心,在我们家最困难的时候,如果没有仲明助学金的帮助与照顾,你可能就连大学都上不起了……"妈妈的话我始终铭记于心,饮水思源,常怀感恩。虽然妈妈已经不在了,但我还是想跟远在另一个世界的妈妈说:"妈妈,八年后的今天,我又重新回到了跟仲明助学金结缘的这个地方,当日在《道义契约》中许诺过的话我也做到了。请您放心,您牵挂的孩子已经长大了!"

这次颁发仪式现场,张恒亮提到他的女朋友也是仲明学子。他们因仲明结缘,女朋友刚好也在现场。我随即现场"点名",让"他的女朋友"上台跟大家打招呼、说几句。她走上舞台,现场回忆仲明对她的帮助时也潸然泪下:仲明能够让家庭经济困难的大学生放下心头沉重的经济负担,心无旁骛地学习,是难能可贵的。正是无私包容的爱,让人时时不忘初心,坚定地走在行善与回报社会的路上。简短朴实的几句话,引起全场的共鸣。

2016年仲明学子陈贻良

陈贻良出生在广西玉林的一个小乡村。他小学时,村里推行"公司+农户"的经营模式,每年父母在家里养两批小鸡,基本解决一家人的温饱问题。陈贻良12岁那年,父亲被确诊为肺癌,在病痛的折磨中永远离开了人世。当很多孩子纵情玩乐的时候,陈贻良常常和家里的动物为伴,照料它们长大、出笼。

2016年,陈贻良带着母亲省吃俭用攒下来的学费走进华南农业大学动物科学学院,发自内心地想用所学助农、兴农。在生活困窘之时,他接受了仲明助学金的资助。"受惠社会,回馈社会,让爱薪火相传"成了他的人生格言。

为了应对畜牧业所面临的种种挑战,陈贻良师从冯定远教授,学习国内最先进的新型饲料研发技术和酶制剂技术。针对食品安全与饲料养殖激素和药物残留、养殖污染等问题,通过将生物发酵的酶制剂应用于饲料养殖,替代抗生素和药物的作用,为无抗养殖打下良好的基础,预估经济效益可以提高5%~10%。以科技为畜牧业"造血",推广无抗养殖技术以提高收益。

2018年,陈贻良接棒成为华农仲明服务队的第三届队长,致力于让仲明成为学子们的第二个家,将国家的助学贷款政策宣传到位,帮助更多家庭经济困难学生顺利完成学业。

有人说:你的心储存阳光,眼里便是一片晴空,蓝天白云,青山绿水,都是你心中折射的世界,昭示着人心的希冀;你的心盛满善意,眼里便是一汪爱河,团结互助,和谐友好,亦是你心中映射的光景,代表着人性的光辉。

我真的很荣幸,也非常感激能够与那么多优秀仲明学子相识,一起奔跑在公益之路上。有了他们,我心底的信念更加坚定,我前行的脚步更加有力。

2020年仲明助学金颁发仪式主会场志愿者合照

[本章参考资料:仲明促进会主编《让爱薪火相传》(仲明学子励志成长报告),2021年11月]

萍水相逢，我的朋友圈

不仅要生活得愉快，更要生活得富有建设性。

公益之路，有爱相伴。这些年来，我得到了无数小伙伴的支持和鼓励，在此撷选部分留言，一并感谢！

◎冯言冯语
"富哥"富在精神，富在经历，富在影响，富在教学！

◎华尔迪邦
初次认识富哥，是在仲明 20 周年的颁发仪式上，我对他印象特别深刻。他说，他给两个儿子取名，一个叫张国诚，一个叫张国信，目的就是教育下一代讲诚信。是的，富哥给我的直觉，是一个有着丰富学识的老实人，他没有那种高不可攀的孤傲，没有高姿态的做作，有的，是一份为人处世的低调和纯朴。我仍然记得他说过他喜欢穿红马甲，于是总结大会那天，我特别穿红马甲去接他。我也是《道义契约》的签署者。富哥的精神永远鼓励着我们，鼓励着仲明学子！

◎彩虹
现在还能想起三年前第一次在碧桂园见到富哥（的情景）。因为富哥，我褪下恐惧和陌生，去熟悉环境，了解身边的人，去了解仲明，明白《道义契约》的意义。在仲明这个大家庭中，富哥就是我们的家长，给予我们关爱和温暖，特别是我们华农仲明服务队成立的第一年，是总队的支持给了我们继续前行的动力。爱富哥。

◎Sophia
我要 pick 富哥，为富哥疯狂打 call！我男神！很荣幸成为仲明志愿者服务队华师分队的第一任队长，在富哥的指导下顺利成立了队伍。和富哥参加过大大小小的活动，很感谢富哥给了我们那么多锻炼的机会！今年要毕业参加工作了，更觉得曾经有机会和富哥一起工作是一件多么荣幸的事情。我也参加过"益动广东"为爱徒步活动。富哥最棒！

◎冯老师
优秀的仲明学子代表，坚守《道义契约》，在回报社会、奉献爱心的路上感染了一批又一批的人。点赞！

◎上岸
富哥，我清楚地记得你说的话，真的很好，人也好！

◎Gerry Kam
富哥，富哥，负重前行，一路高歌！

◎晚晴
人生导师，宛若明灯。公益路上，富哥是最帅的！

◎Tim
富建叔，您的故事，不仅时刻激励着我，您为家乡所做的一切贡献，我也都历历在目，非常感谢四年来您在机电学院对我如亲人般的关怀与帮助。

◎冰淇淋
富哥是我最敬佩的朋友！他这些年来的爱心坚持与个人的努力是我前进的动力！

◎Wendy
我称富哥妈妈为姑姑，虽不是亲姑姑，但经常有往来，小时候还在富哥家生活过一段时间，富哥的事迹一直是我心中的明灯，诚信是做人的根本。愿富哥越来越好。

◎董萍
富哥是很多人的哥!

◎佛山志豪
富哥是我人生中遇到最好的人中的一个!

◎大胡子哥哥
富哥教书做人皆是楷模!
富在行动,富在坚守,富在奉献,富在影响……

◎理健
见过富哥几次,越来越能感受到他的幽默、担当和做事的条理性,还有他一路以来坚持为仲明学子、为公益的无私付出,真心觉得很不容易。大写的赞!

◎LXM
从仲明助学伊始,在最美的年华与其相遇,到回报仲明、回报社会,在最靓的青春为之付出,这一路走来,从相识至相知,富哥已与仲明紧紧不可分割。年华正好,风华正茂,作为大师兄、队长的富哥,昂首带领我们走在公益的路上,愈走愈远,踏出铿锵……富哥永远是我们的榜样,也感谢与富哥相识,富哥加油!

◎JOJO
见过努力的人,见过优秀的人,见过热爱公益的人,也见过乐观开朗的人,还见过爱开玩笑喜欢笑的人,更见过各种逗逼各种神回复的人,可有才气又努力又优秀又热爱公益、乐观开朗、爱开玩笑、喜欢笑、各种逗逼、各种热心肠、偏偏玉树临风、风流倜傥貌似潘安还才高八斗、十八般武艺、样样精通的人……讲真,我就只见过富哥这一个男神。

◎唐
感动!富建兄弟有情有义,又平易近人,衷心点赞!

◎娜

富哥——仲明学子的好榜样，人民的好教师！感谢仲明（能够）让自己成为众多仲明学子中的一员，（能够）让我们认识这么一位正能量的好榜样！

◎旭

善良、热心、幽默、有担当的富哥是我永远的榜样！

◎Dream King

富哥，是一个神奇的人物，身份多变，有时候是一个慈祥和蔼的师长，对你谆谆教诲，有时候是一个幽默有趣的朋友，和你开着调皮的玩笑，有时候是珍贵伟大的亲人，时刻关心着你，但是大多数（时候）还是一个"年老色衰"、友善无私、充满智慧的公益人！

更多小伙伴们留言，可打开微信扫描以下二维码，浏览或发表评论：

文化周末｜坚守"道义契约" 张富建｜仲明相伴，感恩前行
在爱心的道路上砥砺前行

下篇

追根溯源
不忘来路

5　回望故乡

　　儿时努力奋斗,是为了走出那个地方。多年之后才明白,那个地方一直在心上。那便是故乡。

　　远在异乡为异客,心系故里总思归。

　　即使飞得再高走得再远,我都属于这里。

　　故乡有祖先不朽的灵魂,有耕耘的父辈,有永存的童年,有铭记的青春!

　　故乡有我寻尽千山万水也不及的风景,有我历尽千难万苦也难找的慰藉!

　　故乡有春夏秋冬的诗句,有酸甜苦辣的回味,有悲欢离合的故事!

滴水缘情

砂塘是吾乡是吾村

锦城虽乐，不如回故乡；乐园虽好，非久留之地。归去来兮。

——华罗庚

每次回望故乡，我都泪湿眼眶。我在乡村里念小学，镇里念初中，县城念高中，省城读大学，毕业后留在省城工作，一步步离家越来越远。

家是那个给我温暖的地方，是延续爱和深情的所在。有家，到哪里都有人牵挂。有家人，即便落魄也不害怕。

我出生于广东省粤西偏远山区小镇的硃砂堂（塘）村，那是一个不大的U形山坳。乡亲依山而居，民风淳朴，村里山多石多耕地少，竹子、艾草也特别多。

据光绪《化州志》，宋朝进士石龙知县张可长，硃砂塘族始祖，墓在（化）州西六里桂香塘（村）老虎岭，一并七株（坟）。①

据《化州古今人物·历代进士名录》记载：张可长，州地砂塘人，曾任石龙县（今广东省化州市）知县。② 村中族谱等资料（《硃砂堂张氏谱书》《化州张氏族谱》《吴川张氏族谱》等）也记载，自张德润公（宋朝人，字可长，号烛天，赐进士）开村以来至今，已有数百年历史。张德润来自福建省兴化县（今福建省莆田市），曾任广东高州府石龙县知县，任职届满致仕后，卜居化州丹砂（沙）村，村"山环水抱""藏风聚气"，环境优美。那时候，村交通方便，水陆通行（骑马、坐船方便）。村背靠山，山清水秀，树木郁葱，云雾缭绕，山中曾出产丹砂小石；村里有口大鱼塘，村边泉溪清澈，环绕回流归塘；因而本村古时曾名丹砂村、硃砂塘村、砂（沙）塘村。

---

① （光绪）《化州志》，《中国地方志集成·广东府县志辑》，上海书店出版社2013年版，第408页；〔清〕彭贻荪、〔清〕章毓桂、〔清〕彭步瀛纂，广东省地方史志办公室辑：《广东历代方志集成·高州府部》，岭南美术出版社2009年版，第409页。

② 陈土富：《化州古今人物》，广东人民出版社2000年版，第289页。

地名，是历史的精髓，蕴涵了地与人、地与事、地与物的关系。地名，亦是散落的历史碎片。硃砂，亦作"硃沙"，旧称丹砂，始载于《本草经集注》。硃砂为古代方士炼丹的主要原料，经济价值高，不同于玉石、天珠握在手里是冰凉的感觉，硃砂握在手心里是温暖的。在中国传统文化中，硃砂从经由日月精华的矿脉中采集，它汲取天地之精华，被称为"至阳之物"，古语云"人戴硃砂则万事兴"，古人也一直将硃砂当成开运、镇煞、祈福、纳财的吉祥物之一。

数百年前，砂塘村前有条河直通县城，有"仙人撑渡"的传说。河边建有码头，木材生意尤其兴隆。还有米行、牛行、猪行、竹行、食肆、小百货……成了小圩市。河边有鱼塘，河两岸有石鼓、石钹、石船等景点。砂塘村庄周边风景优美，来往人员甚多，车水马龙。那时，全村人丁兴旺，士人不少，生活富足。

张德润太祖和他的后辈五代共60多人先后去世，集中葬在化州城郊老虎岭及潘照岭，其中老虎岭合葬成七个坟墓，后辈称七株坟，墓朝向砂塘村，他们依然是砂塘村的守望者，一直守望着这片土地，也守望着乡愁和希望。

后来人口发展迅猛，足迹遍布方圆几公里。因地理环境条件限制，原有居住面积及耕地显得不够用了。于是，大鱼塘也被填平用来耕种，村中宗亲陆续外迁发展。历元、明、清至今，从砂塘村外迁到化州、茂南、电白、吴川、坡头、南三、赤坎、遂溪、廉江、合浦等地六十多条村庄及世界各地，至今人口已达几万人。而砂塘村人口最少的时候——清朝末期只有不到50人。搬迁到附近及原地发展的村庄，现在分别叫：斋堂（坡）、金玉堂、硃砂堂村等。

近代抗日爱国将领张炎将军也是张德润后代。他年少时投身粤军，参加过南征、东征、北伐、中原大战，成为十九路军主要将领，参加淞沪抗战，重创日军；抗日战争全面爆发后积极联共抗日，1945年吴川抗日武装起义失败后被国民政府杀害。1958年，张炎被追认为革命烈士，张炎的骨骸现安葬于广州银河公墓。

化州及吴川一带的张氏在化州城郊重修祖坟后，张炎将军曾多次在重阳节骑马回来祭祖，给贫穷的乡亲发红包。现存《著名抗日爱国将领张炎及其醒墓记》石碑（1963年4月4日立）就在墓旁边。记得小时候，张炎将军所在的樟山村村民也经常过来我们村交流。每逢重阳节，他们先在我们村集合，再一起去老虎岭祭祖。

在革命战争年代，砂塘村是中共地下组织活动的地点，2016年被化州市政府列为革命老区村庄。

上述种种，是砂塘村数百载的村誉。由于村民们缺乏对古文化的了解，以致很多古迹都毁于近代，令人惋惜。

2015年，广东省人民政府地方志办公室在全国率先开展自然村落历史人文普查，采集了全省13万多条自然村落的资料，分析历史人文普查数据，建立了全粤村情数据平台。但可惜的是，砂塘村没有适时上报，未能入选传统村落、古村落、历史文化村。

水秀山明的砂塘村

此心安处是吾乡！

——苏轼

我的祖辈张德润公致仕（退休）后，选择离县衙不到20里的化州砂塘村定居，足见此地是宜居之地。砂塘村及其村民可谓"知县故里，进士后裔；宋朝开基，八百年史"！

关于砂塘村的故事，或可追溯至宋代。一座古老的村落、一段古老的传说形成了如今的砂塘村。

从我记事起，砂塘村就杂草丛生，没有路灯，破瓦房林立；村里只有一口小鱼塘，村中间有一个大果园，里面种了荔枝、龙眼、黄皮、大树菠萝等果树，有明媚的阳光，有虫鸣鸟叫为伴。村里交通非常不便，汽车通行只有后背山一条泥路，弯弯曲曲，路两边长满杂草，雨天无法通行。有一段时间，流传着一句话：有女莫嫁砵砂塘，那里出入很彷徨。

村中有个叫宜鹄的老爷爷，他们家是村中的大户人家，兄弟众多，六个兄弟分别起名为：宜鸥、宜鹏、宜鹗、宜鸿、宜鹄、宜鹰。宜鹄老爷爷民国年间出生，因排行第八，我们按照乡村习惯叫他八公。八公的父亲张摺西曾在县城读书，在父亲的熏陶下，八公博览群书，学识渊博，能把历史年号年份倒背如流；八公心灵手巧、多才多艺，能用竹篾编织各种农具、用具、捕鱼具、玩具：大小适中的炊具、筛子、谷筐、筲箕、粪箕，红色喜庆的籤箕，精致典雅的提篮，形态各异的小筐；八公结合当地的实际情况，不断在原有竹编的基础上改良加工，创造出很多适用于日常生活生产的竹编物品。

八公经常说起我曾祖父。他说，我的曾祖父名叫"宜仁"，"宜"字辈，跟他同辈，远近闻名，生活虽艰苦，却出了名的仁义和憨实，不世故和势利，也缺乏俗世的生活盘算。年轻的时候，八公曾跟我曾祖父徒步去广东湛江市南三盐场，然后把浓盐水担回家制作成盐出售。那个年代，因为我们村是老村，附近各地的张氏村民在重阳节都会过来祭祖。按照当时的习惯，老村70岁的老人可以免费分猪肉，并且约定可以任选。我的曾祖父年满70岁之后，每逢重阳节，就牵着我年幼的伯父一起去取猪肉。他面目慈祥，总是乐呵呵的。后来张氏村民在化州城郊新修祖坟，此风俗才消失。

八公德高望重，担任族长，主持撰修族谱、庙宇经文，闻名村里乡里。他常说努力读书才是最好的出路。八公对我十分关心，在我小时候经常过来教我读书、写字、计数，讲本村的德润进士、南海的伦文叙、吴川的林召棠等历史人物的求学故事及天文地理知识。那时候跟着八公放牛或看晒谷场，八公便教我复习功课，也经常给我们讲砂塘村的近代经历及古代流传的故事。

20世纪50年代初，分布于粤西等地的华南天然橡胶垦殖基地建立，村民支持橡胶垦殖事业，村里的山岭大部分都给了农垦建设农场、种植橡胶树。村民得到农场的口头承诺：日后橡胶树更新换代，砍伐的橡胶树头、树尾部分归村民所有。

20世纪80年代，村里通过出售石头所得通了电，并且扩大了鱼塘，修通了另外两条泥路。在小鱼塘旁边开挖大鱼塘的时候，八公主持现场，挖出了很多荔枝树根及木板。久经岁月，荔枝木板虽然已经腐化严重，但也正如八公所料，此处原来确实是大鱼塘。塘边种了荔枝树，由于耕地不足才填平塘用作耕地，如今大鱼塘终于得以复原。

自古山水相联：有了山，便有了伟岸；有了水，便有了精神。在这山水之间，还有石，静静地守在历史的原点，默默地见证着时代的变迁。

古老的村庄有着古老的故事。砂塘这个历史悠久的乡村，藏着很多古老又神秘的故事。如今，那些古老的传说故事也一代一代地流传了下来。

砂塘村多石，每一块石头都有故事。那一个个美丽的传说，还有各种山歌、喜庆赋文、祝文等，祖辈口口相传数百年，一代接一代，一直流传至今。

"仙人石"位于村东面的农田上，"仙人石"旁边有一条河流过。农田长石本来就奇怪，两块大石相连，石头比农田高约1米，整体呈灰黑色，表层已经被风化，"仙人撑渡"故事就因此石而起。

相传很久以前，这里有一条大河，把两岸隔开了，人们出入非常不便，要过河只能在河边苦苦地等待渡船。这个渡口，有数不尽的人间往事和传说。

有一位道人在河岸修炼，每天装扮成船夫撑船摆渡，帮助村民出入。修炼成仙后，他踩在石头上腾空而去了。他在石头上留下两只深深的脚印，此石便是现在的"仙人石"。"仙人石"不仅指该石头，也泛指附近数十亩的农田范围。"仙人石"的一侧还留有一张仙人用过的"石椅"。仙人撑渡的船变成了"石船"，停在河边；仙人用过的床变成了"石床"。和仙人朝夕相伴的鲤鱼、每天早上为摆渡报晓的雄鸡也随仙人而去了，鲤鱼的原身变成了"鲤鱼山"，雄鸡的原身变成了"鸡冠石"。

"鸡冠石"位于村西南面的最高山文理山咀，一块巨石凸起，昂然而立，高约20米，虽经风雨吹洗，依然呈现花岗岩的颜色和栩栩如生的鸡冠状。无论从正面还是背面看，这块大石都极像一个鸡冠，独处一隅静静地守望着什么。其形态逼真，堪称大自然的鬼斧神工，叫人看后无不惊叹大自然的神奇。

"鸡冠石"早已成为乡亲们心目中的"神石"。每年农历正月初七，家家户户都到山上祭拜，不仅我村村民，附近的村民也跟着到山上祭拜，"鸡冠石"因而香火鼎盛。乡亲们家里有了喜事好事，都会到这鸡冠石下祈福，"鸡冠石"庇佑着村里一代又一代人。

"鸡冠石"下面有一条河，"石船"就停靠在河边靠山的一侧。一只雄健的公鸡红冠高耸，直颈鼓羽，气势轩昂。拂晓来临，红日从"鲤鱼山"的东边升起，朝霞满天，照耀在昔日仙人升天的"仙人石"及"石椅"上。

"仙人"走后，大河变成了小河，河水变得越来越少，村民出入不再需要摆渡，以致"仙人石"一带的农田慢慢地没有可灌溉之水了。20世纪50年代，政府在村口修了一条从远处水库引水的水渠及水坝，但是不久就被洪水冲毁了，水坝下游的农田连泥土也被冲掉。百姓无计可施，只好日夜祈求天神降福。后来八公主持重筑水渠水坝的时候，专门从"仙人石"附近迎一大石，放在水坝中间奠基，此后新修的水坝便安然无恙了。如今那块用来奠基的大石依然清晰可见。

"猪石"位于村后背山顶（乡亲都直接称后背山顶为"猪石顶"），一块像母猪一样的大石头，周围有七块像小猪一样的小石头，看起来像极了母猪带领几只小猪一起生活的样子。"猪石"北面还有一排依山的石凳。我的伯父住在后背山腰，20世纪70年代的某天，他把其中最小的一块"猪石"挖了带回家，拟做洗衣石。当天夜里，突发狂风暴雨，伯父的瓦房塌了，一块砖头跌落在我年幼的堂哥的头侧，差点砸到他。第二天一早，村中的五婆婆过来跟我伯父说，昨夜做梦，"大猪石"说伯父"胆大包天"带走了"小猪"，必须给予伯父严厉警告，如不马上纠正，后果严重。伯父听后，吓得马上把"小猪石"复原，此后，"猪石"名声大振。伯父"不知道天高地厚"的故事，村中40岁以上的人几乎人人知晓，至今还是乡里乡亲茶余饭后的谈资。

砂塘村有不少独特的地名：旧水库堤坝下面的田地叫"水库底"，为纪念德润祖辈把村西边一带田地叫"官涌"，学生上学的必经之路叫"书房路"，还有老屋园、旺涌、门口垌……

小时候放牛，我们经常在"仙人石""鸡冠石""石船""猪石""石凳""石椅"等"景点"玩耍，甚至坐在"石凳""石椅"上休息，坐看日出，卧看云落。虽然环境发生了根本性变化，沧海桑田，鸟语花香，但是故事还在……

砂塘村有过辉煌，同时也充满沧桑！

清朝时，村民一时糊涂，用九个大铁锅填平了百年甘泉古井，石锣、石鼓、石钹、石晒谷场也未能幸免；20世纪80年代，为了改善生活，数棵百年樟树被低价出售；20世纪90年代，为了让古鱼塘重见天日，破坏了两口水井。十多年前，新农村建设，村委会砍伐了村中所有的果树及竹子；由于水土流失，河道淤泥堆积，水位下降，村边的河流早已无法行船了……

筑梦启航，振兴砂塘

> 属于乡村的静谧和热闹都没有了，只是在夜晚，抬头看的时候，还能看到小时候习以为常的满天繁星。这片美丽的忧伤的神奇的土地啊，也许，我们只剩下，至少还可以，仰望星空。
>
> ——宁远《远远的村庄》

我从小生活在砂塘村，后来因读书、工作离开了这里，但是，不管我离开多久，这里泥土色味的民居给我留下的，总是一种挥之不去的神秘和向往。家乡那些悠远的往昔，虽已泛黄，但永不会消失。

离乡愈久，思念愈深。我如同风筝一样，越飞越远，可故乡在线的那头，中间连着的是生命的挂牵。岁月变迁，故乡也早已物是人非，不再是我童年的模样。

故乡，永远是一个令人魂牵梦萦的所在。

关于故乡，我脑海里还有很多记忆碎片：用牛犁田、脱谷撒种、灶膛烧柴、鸡鸭走地、房屋前一派田园风光；还有那口属于村集体的小鱼塘，小时候过年等村里分鱼……这些都是我在农村生活时的情景。

2015 年回家帮忙收割

党的十八大以来，砂塘村迈上新农村建设的步伐，坐上了小康快车。时逢盛世，村里修建了多条水泥路，交通方便，看沃野丰收，看楼房叠起，看车辆奔驰，看人流涌动……大学生层出不穷，外出工作、创业的越来越多，买地置业，购房买车……繁荣景象逐渐重现；村中60岁以上的老人比比皆是，超过80岁的老人数量也是前所未有……

家乡是我们的出生之地，是养育我们的地方，是我们的根，只要有时间，我们这些在外的游子都应该回到家乡好好看看家乡的变化和发展。

每次我回到故乡，发现变化真大，不由得感慨万千，饮水思源。2016年，砂塘村被评定为革命老区村庄；当年八公主持重修的堤坝在2017年被扩建成村中南北走向的水泥路，成了村中行人及车辆出入的主干道，为了纪念本村开创者张德润，该路被命名为"德润路"，同时以路来弘扬以德修身、以诚修心的文化传统，以彰显砂塘村历史文化的深厚底蕴；山脚通往村中地势最高的山顶（猪石顶）的路已经建成水泥路，被命名为"上善路"。此路为乡亲们自行集资修建，上善若水，知善行善，是为上善。革命烈士张亚泰后人家门口也通了水泥路，被命名为"泰恩路"，以纪念近代因革命牺牲的祖辈；祖辈求学必经之路正准备建水泥路，拟命名为"行知路"，行是知之始，知是行之成，希望以此激励村中莘莘学子，知行合一，为本村再创辉煌；2019年新落成的庙宇，取名新庆堂，门口有一副石刻对联：庆享先锋威灵万载降千祥，新成雷府显赫三司呈百福。此对联为中国民间文艺家协会会员、化州市政协原副主席、化州市文化局原局长陈红胜同志根据村中流传故事所写。

2020年，决战脱贫攻坚取得全面胜利，乡村脱贫奔小康的发展历程和成功摘帽的路径探索，书写着新时代的广东山乡巨变。曾经贫穷落后的乡村正焕发出前所未有的生机活力，发生了翻天覆地的变化。"小康不小康，关键看老乡"，脱贫摘帽不是终点，而是新生活、新奋斗的起点。在发展新阶段，脱贫攻坚主战场转移到乡村振兴上，广袤无垠的乡村从此踏上从"脱贫"到"振兴"的新征程。

从2021年起，我国进入巩固拓展脱贫攻坚成果同乡村振兴有效衔接的五年过渡期，砂塘村那些远去的山、石、水故事，期待通过乡村振兴来发掘和修复，乡村振兴正在全面推进，跨越千年的小康梦想即将变成现实。

乡村振兴语境下，"乡愁"一词继续风行，印证着我们对乡村人气、乡音和文化的热切期待。传承文化、唤醒乡愁、推动经济，希望在"硬件建设"和"软件服务"方面使砂塘村村居形态焕然一新。

阡陌交错，一路向前，仿佛在穿越时空，触摸历史。这座有着数百年历史的古老村落，竟隐藏了这么多故事！奇石、大树、革命遗址，这些历史印记，宛如一位老者的满脸皱纹。百年老榕树，浓密茂盛，枝叶婆娑，一圈圈年轮抒写着村史。如今，石还在，听风声阵阵，岁月静好。

砂塘村规划图

滴水缘情

我有一个名字叫土业

> 人间自有真情在，往后只管努力和善良就好了，其他的上天自有安排。
>
> ——外公大育

我的近代祖辈大多以务农为生，一家大小的生计靠的就是耕作那些田地及上山砍柴。

我的父亲很平凡，是千千万万普通中国农民中最普通的一员，他辛勤劳动、忠厚善良、乐于助人，有着一颗强烈的责任心，却有着一个令人凄酸的童年。

父亲兄弟三人，都是地地道道的农民，父亲排行最小。他们小时候家里非常穷，常常食不果腹。父亲十来岁时，我的爷爷奶奶受自然灾害的影响双双病逝，父亲因此失去了读高小的机会（那个时候，小学学制五年，一至三年级叫初小，四、五年级叫高小）。紧接着，由于兄嫂们分家，年仅14岁的父亲便孤独一人生活。父亲除了种田外，也学习做竹床生意。那时，尚未成家的父亲从山上砍竹子背回家，制作成竹床，然后挑到二十几里外的市镇上卖。可惜竹床很快被木床取代，父亲失业了，制作竹床的全套工具后来成了我学习机械的启蒙用具。

父亲20多岁时，好不容易才把我母亲娶回来。据说外婆迟迟不同意这门婚事，但是外公十分满意，外公听说过我曾祖父"宜仁"，认为仁义之家，必有余庆。伯父借钱过了"大礼"后，外婆才勉强同意。那时候，家里除了两间伸手可以摸到屋顶的泥砖瓦房外，一无所有，甚至连一个炒菜的铁锅都没有，正所谓家无寸铁。

外公的家乡也是一个贫穷的山村，在深山的一个盆地，离我家几里路，四面环山，树木苍葱，村名曰"木中塘"。外公名"大育"。他平易近人，性格开朗，心地善良，德高望重，长期担任村中庙宇的"管理员"。虽然家境清贫，膝下有三男二女，但是在外公的操持下，生活基本衣食无忧。外公按照"老祖宗"的说法，在家门口种植了两棵杨桃树，却不知为何，同一批树苗，长大后一棵结的果实是甜的，另一棵结的果实却是酸的。

母亲作为长女，没有读过一天书，她很小就挑起了家里的生活重担：砍柴、耕种、做饭、缝衣等，无所不精。

母亲嫁给父亲后，尽管日子艰难，但她里里外外都是一把好手。

母亲过门前，家里只有父亲一人，冷冷清清；母亲嫁过来后，热情好客，有好吃的总会分给过路人，每天煲好的番薯芋头成为邻里大人小孩的"零食"。我家位于村口，夏天凉风习习；冬天，父亲从山上砍回来大树木头供大家生火取暖，家里慢慢成为村中议事的"大话馆"，村中有很多大事都是在我家商议决策的。

母亲婚后不久怀上了我。我出生那天，适逢农忙，母亲还在晒谷场上干活，直到临产。得益于外公的接济，母亲孕期营养跟得上。我出生时有八斤多重，成为多年来方圆数里最大的婴儿，前来接生的"接生婆"赞叹不已，并传为佳话。

外公非常担心我的父母无能力把我抚养大。作为庙宇的"代言人"（乡下也叫"请神人"），外公开创了一个先例，在我刚刚满月的时候，就把我抱到他村里的庙宇（名曰"那明境"），把我"契"给庙宇中的神灵，即把我"托付"在神灵家里，祈求神灵保佑我长大成人。这种"契"，一般是在本村的庙宇进行，并要求被"契"的人长大成人后，在一定的时候，要亲自来到庙宇偿还"诺愿"（村里也叫"脱诺"）。在"契"仪式上，外公虔诚地念念有词许愿，亲自为我起了一个经过庙宇神灵一致"同意"的名字——土业，希望我在神灵的保佑下茁壮成长。所以，从小到大，我始终没有忘记，我还有个名字叫"土业"，虽然这个名字只有父母及外公外婆、舅舅知道。

小时候，母亲经常带着我攀山越岭去探亲。外公所在村的庙宇也是我的家，那里留下了许多美好的童年回忆：溪水淙淙，风吹桉树和竹叶的沙沙声，还有整片的橡胶林和稻田。我似乎无论如何也表达不了我对这片曾欢笑踏过的土地的爱恋：于我，这不仅仅是一方水土，一抹风景，还是默默流淌的岁月，且有一个毕生难忘的诺愿。

外公对我这个大外孙十分疼爱，不光常常到我家来看我，逢年过节或平时家里有好吃的，还会特意给我带过来。除此之外，外公还经常变着法陪我玩，逗我笑。外公特意用簕古叶（乡下的一种植物，亦称雷古、路兜簕、簕菠萝，叶子是长长的，绿色，叶子两边和叶脊都有刺）给我编了一个篮子，还给我买了一把小锄头。我就带上篮子和小锄头翻番薯、拾谷穗，因用力过猛，小锄头在我的额头留下一道很深的疤痕，至今可见。外公还喜欢背着我，或牵着我的小手，带我到河里捉鱼、到山上摘果、到集市买肉。

随着我的出生，家里的两间伸手可以摸到屋顶的泥砖瓦房已经无法满足日常居住需要，但是家里也没有砖木等建筑材料。那个年代盖房子，需要自己砍柴烧制红砖，自家种树作为木料。父母利用农闲，起早摸黑去砍柴烧砖。大舅舅已经成家单独盖房，小舅舅未成家，中间的三舅舅（乡下习惯称大舅舅为二舅舅）因"疝"病，虽过了而立之年却没有成家。外公把本属于三舅舅成家盖房的木材给了我家，又给予了谷物等支持，我家终于盖好了一套100平方米左右的中间有个露天大天井的红砖瓦房。我与水结缘，雨天，在家里露天的大天井檐下，看雨水从天井缘倾泻而下，我伸出双手接捧着玩耍；雨夜，静卧父亲用竹子搭成的床上，听着瓦面雨水滴滴答答之声。

人世沧桑，命运无常。在我四岁多的时候，古稀之年的外公因劳累过度病倒了，外公把忠厚老实的三舅舅叫到跟前，特别嘱托三舅舅要呵护我的成长，外公说：他叫"大育"，可惜一生未能完成他的伟大的教育事业，往后就看大外孙"土业"的了。外公又说，大外孙"土业"啊，眉清目秀，前半生是个苦命人，但他有贵人帮忙，后半生会有福气，可谓先苦后甜吧；"土业"有神灵保佑，聪明伶俐，一定会有出息；"土业"如遇到困难，你一定要帮忙；当"土业"长大成人、成家后，一定要择日亲自来庙宇还"诺愿"，一定要记得，要诚实守信，要善良努力，其他的上天自有安排……三舅舅含泪默默点头答应着。

办完外公的后事，三舅舅把剩余的谷物也给了我家……

外公去世不久，外公的整个家庭逐渐走向衰落。我的大舅母生完第五个孩子后不久就去世了；姨妈（母亲的妹妹）产子，母子先后去世；外婆在我12岁的时候也去世了。大舅舅终日借酒消愁，以致英年早逝；三舅舅一直单身……

多姿多彩的童年

童年，只有在回忆中显现时，才成就了那份完美。

——三毛

  我们村并不富有，小时候家家户户的生活都比较艰难。但我生命中遇到了很多贵人，让我成长为更好的自己。

  我出生的时候，按照乡里风俗，小孩出生三朝（第三天），家长要找道士"定命根"取乳名。我的父亲找到乡里最著名的一个名叫王旭泰的道士，报上我的生辰八字。王道士经过一番推算，说我五行缺水，恰好门口有鱼塘，开门见水，大吉，便给我取乳名"水见"；八公听闻大喜，说此乃天意。如今在乡里，无论大人，还是小朋友，都依然叫我"水见"。

  直到我上大学的那天，八公才告诉我，"水见"原文出自明朝的《指月录》。吉州青原惟信禅师：未参禅时，见山是山，见水是水。及至后来亲见知识，有个入处，见山不是山，见水不是水。而今得个休歇处，依前见山只是山，见水只是水……

  我家里什么都没有，唯一可以玩耍的地方就是山岭和稻田，泥沙、石子、草根、树杈都能成为我们手中的"玩具"。我们在晒谷场上玩"跳大海""圈房子"，其乐无穷。村中的鱼塘是我们玩耍的地方，我们在那里学游泳。还不会游泳时就搬家中的一短木楼梯作为水抱，身穿过木楼梯抓住木横条就可以浮在水面。下雨的时候就在家里泥地大厅玩弹玻珠、拍公仔纸片。最好玩的是"果果枪"，用竹子做"枪管"，用竹枝做推杆，用一种藤状植物的小小的圆圆的果实做"子弹"，不但可以"砰砰"响，还可用来打苍蝇，经过改良后还可以变成"冲锋枪"，但是玩久了，皮肤沾多了果实黏液会过敏。

  乡里的山岭生长着许多山捻子木。那时的山岭，除了芒柴和扫杆，就是捻子木了。捻子木是矮灌木，一般不超过两米高，所以乡里人都叫它捻子木（不叫捻子树），捻子木结出的果叫捻子。每年六七月份农忙时节，村中漫山遍野的捻子木开花结果，捻子是上天赐给我们最可口的免费水果，不但可以充饥，还可以补充养分。摘捻子是一件非常开心快乐的事儿，每天一大早起来就往山上跑。但是家里的饭菜少油，吃多了捻子，特别是未熟透的捻子，常常因拉不出大便而被家长批评，也被小孩子们笑话。另外，摘捻子遇到黄蜂从蜂窝里飞出，被蜇个面青眼肿也是常有的事情。"黄蜂眼力厉，蜇眼也蜇鼻！"成了我们摘捻子时的安全警示语。

我五岁那年，妹妹在外婆家。弟弟刚出生不久，母亲便因计划生育被带去结扎。那天上午，父亲在地里干活，听到母亲和弟弟被带走，赶紧打点行装去医院照顾我母亲和刚刚出生的弟弟，并且叫人通知三舅舅过来照顾我。可由于三舅舅一直未到，家里只剩下年幼的我。当时我吓怕了，不停地哭，幸好邻居五婆婆看到了，始终陪在旁边安慰我，并给我送来好吃的，直到三舅舅过来……

后来，我长大了，五婆婆逢人便说起我小时候，说起那次母亲被带走，说我那时候很懂事也很可怜，小小年纪，从中午到晚上一直盼望父母归来。那种情景，人见人流泪……

父母生下我们三兄妹，弟弟出生后，我家便开始为温饱问题担心了。家里原本底子就薄，人口增加后，这个家就更穷了。家里很难买一次肉，白天吃粥，晚上吃饭，但菜式很单调，就是一大盘青菜或者青菜加米粉丝。所以每天除了青菜还是青菜，除了米饭还是米饭，以至于至今青菜炒米粉丝依然是我在家里或者外出吃饭的挚爱菜式。

为了解决吃饭问题，最多的时候，家里租种了近十亩地，放农忙假的时候我们帮忙收割。我家一直都是全村完成播种最迟、完成收割最晚的农户。父亲还在一处沼泽地开荒出20多平方米水田，专门用于种植糯谷水稻。父母始终拼命地干活，每天只吃三两米（没有秤及量具，母亲描述的是用手抓三次米），苦苦支持着。

每年到了七八月份，芋可以收成了。母亲到田里挖回来一些芋头，然后买一些肥猪肉榨油，用猪油、肥猪肉渣及芋头，再加少量大米焖成芋头饭，这个就是我小时候吃过的"佳肴"了。

遇到一些重大节日，母亲也会做田艾糍（粑）（我们小孩子也叫树叶包）给我们吃。母亲提前把糯谷拿去碾米、打粉，到田里摘一些艾草，用碾好的糯米粉，加入开水拌匀，然后反反复复地搓，直到把糯米粉团搅到非常有韧性，之后每次取一小块，做成薄薄的膜，用来包裹花生、椰丝、白糖等材料做成的馅料，然后用波罗蜜树上摘的一些大块的叶子分隔，再放到竹篾织的炊具里蒸一个多小时。这种田艾糍非常好吃,是我小时候吃过的最好吃的美食了。

由于缺吃少穿,我长得比同龄人瘦小。我七岁的时候,家里的经济条件实在有限,上学成了一个大问题。那个时候,每逢9月开学前夕,乡里小学的老师就会到各个村中去寻找适龄入学的学生。老师经过我家门口时,我说要上学,老师说我太矮小了,不能入学。快八岁了,我想上学,但家里没有钱交学费,父母让我再等等。三舅舅知道了,二话不说就帮我交了9.8元的学费,使我得以顺利入读小学一年级。上学后,我五六点就起床,经常第一个到学校;中午10点左右放学,步行回家;午饭后去放牛到1点多再上学;4点左右放学,再去放牛。冬天农田里的一堆堆小山似的禾秆成了我们放牛时御寒及玩耍的好地方。

一、二年级,学校设在步行要半小时的乡里祠堂,三年级开始搬到一样路程的村委办公室。三年级要上晚修,由于学校经常停电,我们不得不带煤油灯过去。家里没有雨伞、雨衣,下雨的时候,就剪开装肥料的塑料袋,披着遮雨。大雨的时候,还要蹚过一段积水没过膝盖的很长的田埂。上学路过做豆腐生意的玉凤五公家,常常会进去他家蹭点豆腐渣吃(我们小朋友称豆腐头,就是做豆腐的时候煮豆浆,然后用帆布过滤出来的豆浆渣),有时候还能吃到美味的豆腐锅巴(煮豆浆时粘在锅底的锅巴)。

离村不到1公里的地方,有一个橡胶树农场(我们叫胶场),成立于20世纪五六十年代,由附近农村提供山地种植橡胶树而建。80年代,方圆数公里,唯有那个农场拥有一台电视机,而且是彩色电视机。小时候吃过晚饭,我们常常过来看电视,看过的电视剧有《霍元甲》《霍东阁》《射雕英雄传》《大地恩情》《济公》等,至今仍记忆犹新。

看露天电影是小时候很开心的事情。很多时候,村委都利用播放露天电影的机会开大会传达通知精神。村干部往往以看电影为"噱头",吸引四面八方的乡亲集中,当电影放到最精彩的时候暂停,由村干部讲话。印象最深刻的是,影片大部分是讲普通话的,但是很多乡亲不会听普通话。有一个负责放电影的解说员名叫吕亚有,他的生动解说,常常令我们捂住肚子大笑一番。

小学期间,老师按照身高排座,我总是坐在第一排。小升初考试,我的数学成绩是全镇第一名,是唯一满分(120分)的考生。数学陈飞进老师非常激动,紧紧地抱住我良久。

村里有一位民国早期出生的老人，她的丈夫是民国时期的"保长"，排行第四，我们叫她四婆婆。四婆婆的丈夫很早就去世了，她独自抚养几个孩子。她家住山顶，我小时候上学的时候，要经过她家，每次经过她家，她都早早地在门口等着，然后叫上她的孙子（跟我同龄同班）跟我一起上学，并嘱咐她的孙子要像我一样努力学习。我放学后也常常在她家玩。她的儿子、媳妇常常因忙于农活而不在家，她经常给我们煮好吃的。

后来我到了镇上读初中。初二分班统考，我的成绩是全班第一名（全级第二名，全级第一名的同学后来就读中山大学）。

小学到初中，课室的窗户都是没有玻璃的。冬天的时候寒风直接吹进来，下雨的时候雨水直接洒进来。

家里虽然盖了红砖瓦房，但是因靠近海，常下雨，台风猛。逢刮风下雨，父亲就担心我们的安危，半夜也起来查看。读中学期间，因我家里的房子太小，周末放学回家，我常常在伯父家复习功课。记得中考的时候，中学校舍因台风倒塌，我们都被安排到邻镇考试。

因为学习成绩好，我逐渐成为村中孩子们学习的榜样。八公也经常鼓励我，对我赞不绝口。我是吃"百家饭"长大的，经济生活水平并不宽裕的乡亲们对我特别好。水果成熟的季节，周末我在家的时候，总会遇上乡亲们采摘，然后他们总会拿一些过来给我这个读书人试试口味：张汉三公的黄皮果、宜周晚公的荔枝、揩东三公的龙眼，还有美珍三婆婆的木瓜、亚统叔叔鱼塘养的鱼、玉龙二公的杨桃、玉凤五公的椰子、揩海四公宰的鸭（把鸭头蒸天麻，乡下说法是补脑）、农场世新叔叔的石榴……五婆婆家的百草园、揩标晚公家门口的中药园子任我采摘鱼腥草、艾草……

6 大学情缘

山高水长,恩师知己,挚友同窗。情深缘不断,一程相伴,一生温暖。

我的大学生活曲折艰难,但是常有阳光,常有希望。怀念那段未曾蹉跎的艰难岁月,渐渐地,这份感动变成了我向着未来努力与回馈社会的前进力量。

滴水缘情

大学时光，终生难忘的岁月

有太多的无可奈何，怎样的艰难只有我自己明白。
我知道我已经超越了自己。

逝去的岁月，唯有留给回忆，我们再也回不去。只是不知道为什么，我常常怀念那段逝去的大学时光。

我总是想起曾经的那个少年初到广州求学，天真单纯的神情里藏着掩不住的怯懦。四个春天匆匆逝去，记得大学毕业离校送别时，曾经一直关心和帮助过我的学校领导很高兴地鼓励我说："你终于熬过来了，参加工作后，别忘了母校。广东工业大学永远是你的加油站、你的避风港，有空就常回来看看。"

有一年寒假，我没有回乡下过年，一直在广州忙碌着。为了完成手头的事，年初一就开工了。春节有家难回的惆怅和连日的辛劳让我实在顶不住了，我就独自跑到母校转悠了半天，静静地怀念我的大学时光，许多人和事一幕一幕在眼前浮现，曾经给予我很大帮助的恩师们、朋友们、室友们、同学们，还有曾经一起勤工助学的同学们……

那段浸满苦涩和感动的岁月，我终于熬过来了。一个"熬"字，就是我的青春的最好注脚。熬，很苦；熬出头，却很甘甜。

历经困难后，我更加珍惜来之不易的幸福生活，在以后的风风雨雨中，也可以从容地面对。

如果我大学遭遇家庭变故时，没有学校和社会的帮助，抑或我自暴自弃，我就完成不了学业，很有可能在黄土陇中埋首一生，哪会有今天的"教书育人模范"呢？

如果我大学时不珍惜机会、刻苦学习、自强不息，可能只是一个随波逐流、碌碌无为的平庸者。那样，若想感恩好心人、回报社会，恐怕也心有余而力不足！

我庆幸自己的大学时光没有白白浪费。我好学上进，所以才有了好成绩；掌握了更多的专业知识，才有了后来能够教书育人、编写十几本专业教材的学术功底；我勤工俭学，有了奋斗精神，学会了踏实做人、认真做事、兢兢业业，才有了后来在工作和人生中一步一个脚印的收获。

三年时间里，包括所有的寒暑假，我都参加学校的勤工助学工作，几乎跑遍了学校的每一个角落。学校里的多种工作，如种花、拔草、种树、洗厕所、扫地、派发信报等我都做过。学校校区办、宣传部、学生处、总务处、保卫处、宿管办、院办等都有过我的身影。校外兼职也坚持做，我做过派宣传广告，广场、超市、社区产品促销活动等。

说实话，如今回首大学时光，我还真心感谢那些曾经的磨难，更感谢在磨难中努力奋斗、追求梦想的自己。磨难教会我成长和感恩，而在历经磨难之后，幸福和美好终会如期而至。

大学期间的肖慧敏老师是我这一生中亲如父母般的恩师。肖老师当年是学生处领导、校区办主任。她平易近人，非常关心学生。

我不会忘记，1998年，我面临退学的时候，肖老师来电对我说："不管怎样，你开学一定要回来。"

在之后的三年里，每年交学费的时候，肖老师总是第一时间帮我签名办理缓缴学费手续，叮嘱学院老师关心我的生活，还让我负责为学校老师派发信件和报纸的勤工俭学岗位……她的这些关怀，我都默默记在心里。

大学期间，由于家庭经济困难，我经常参加勤工俭学，节假日、寒暑假也不例外，一日三餐没有规律。肖老师关照我，常邀我到她家里去吃饭。

肖老师每次都会做一大桌好菜，实实在在地给我补充了很多营养。这种亲人般的关心与照顾，让我觉得特别温暖，好像在广州又多了一位亲人。

2000年，按照专业学习要求，我要前往上海进行为期一个多月的实习，全部费用算下来，大概要2000元。当时，我因经济原因，无法前往，十分沮丧。

最后，我只得去找肖老师帮忙请假，说我不去上海实习了。肖老师没多问，也答应了帮我请假。但是第二天，我在路边勤工俭学种花的时候，肖老师找到我，塞给我一个信封，并且叮嘱我回到宿舍再打开看。

回到宿舍，我拆开一看，里面是整整2000元钱！我激动地跑去向肖老师致谢。那次实习，我去了上海一冷开利、合众开利、新晃空调、大金空调等公司学习。我学到了很多知识，也增长了很多见识。

滴水缘情

参加工作后，我一直惦记着此事，每天省吃俭用，在当年的10月份就攒下了2000元。当我带着钱回母校找肖老师还钱的时候，她却怎么也不肯收。她握着我的手，语重心长地对我说："那些资助给你的钱，是我代表社会给你的。你要回报的不是我，而是整个社会。以后要好好干，别辜负所有人对你的期望！"这让我特别感动，我也深深感到自己的责任重大。

但是，我后来左思右想，那钱毕竟是肖老师个人的，并不是"社会捐赠"。而且，2000年的2000元，是她近一个月的工资，怎么能就这样算了呢？

所以，又过了两周，我想了一个办法，把钱装在一个信封里，回到母校，趁肖老师跟其他老师谈话的时候，我敲门进去找她，说："肖老师，我刚刚从收发室过来，有您的一封信。"然后，我把信封留下便匆匆离开了。

事后，肖老师还专门打电话给我，说我"太细心了"。

我心里一喜，终于把这件事"办妥"了。

但是我没料到，一年多后，在一次见面闲聊时，肖老师问我工作这么久了，谈女朋友没有，什么时候结婚。我笑说，不急，倒是我妹妹即将结婚了。

肖老师见过我妹妹，所以听了非常高兴，说："你们都长大了，也该成家了。妹妹比你先结婚，也是好事，乡下的女孩结婚早，按照乡下风俗，一出一入，好意头。"她还说，有一份贺礼要送给我妹，让我几天后过来拿，捎回去给妹妹。

数日后，肖老师以父母长辈的身份，按照她老家的风俗，给我妹妹定做了一套非常漂亮的旗袍，并说："这套旗袍是特意定做的，你一个男孩子，先不要拆开搞乱了，捎回去让你妹妹打开亲自试一试，应该很合身……"

我感动得连连点头致谢。可我哪里想得到，妹妹打开密封的包装盒后，除了一套漂亮的旗袍外，还有一个2000元的大红包！

那一刻，我真是既感动又"生气"，肖老师怎么还在"计较"这2000元呢！我当即打电话"嗔怪"肖老师，但是她说："此贺礼不是给你的，是给你妹妹的，今天是她百年好合新婚大喜的日子，你务必替她收下。"

就这样，那2000元又回到了我的手中……

这件事，真是让我终生难忘，也让我对肖老师敬佩得五体投地。

后来，随着我的工作稳定下来，经济条件有所改善。我也在广州买了房子，有了自己的幸福家庭，我与肖老师的联系和来往便更多了。

我在2007年羊城晚报主办的"感恩创造社会财富"论坛第一次跟同学们讲起我和肖老师的故事。2010年，仲明助学金颁发仪式在母校广东工业大学举行，我作为仲明助学金受助毕业生代表发言，我分享了这个故事，现场师生给予我热烈的掌声，以至刚好在场参加颁发仪式的广东工业大学党委陈韶副书记在颁发仪式后专门找肖老师谈论此事。后来肖老师见到我的时候，怪我提起她的这件小事。肖老师口中的小事，一直是我铭记和感恩一生的温暖。后来20所高校仲明志愿者队伍成立，每逢参与他们的成立仪式，我都会讲起此温暖的故事，同学们感觉很温馨。

现在肖老师已经退休了。如今，每到逢年过节，我便带上妻儿去肖老师家登门拜访，让小孩子在她家"捣乱"一番，彼此成为一家人。

机缘巧合，二次置业，我和肖老师同在一个小区购了房，距离更近了。有一段时间，我和太太工作比较忙，老人家临时有事回乡下，肖老师知道后主动说帮忙带小孩。还有一次，我去探望肖老师的时候，跟肖老师开玩笑说，如果我生三孩，要找她帮忙带小孩，肖老师满口答应，说正好退休后开始遛娃模式，让我非常感动！

我的大学时代，要感恩的老师有很多。

忘不了在广州大道附近做校外促销活动兼职的时候，肖老师协助租借

一家四口到肖老师（中间）家做客

校内单车棚给我存放大量道具等物品,大大方便我们活动的开展。很长一段时间,我都是到兼职地点附近的李靖茂老师家里吃饭;不仅如此,因工作需要,还借用李老师先生的衣服、领带。李老师搬家的时候,把旧家具(书桌、书柜、衣柜等)给了刚刚参加工作的我,还把她先生的一些衣服(说是穿旧了,无地方放,我当时竟相信了)也给了我。那些家具,我至今还在使用。2010年5月5日,肖老师退休前,我带上妻儿回母校探望肖老师和李老师,我开玩笑地说,当年两位老师"里应外合",让我愉快地度过最艰难的日子,两位老师哈哈大笑。

忘不了,勤工俭学的时候,学院陈向红书记给我的工作鞋(一双非常结实的运动鞋)和运动服(陈书记说本来买给儿子的,但是买错了尺码,我当时竟然信以为真)!

忘不了,总务处王生副处长及多位老师让我在办公室学习电脑及打印,学生处邱殷楚、林伟英、邱伟青老师和总务处吴文加、林舜雄老师等老师在我勤工俭学期间给予的亲人般的指导。从1999年寒假开始,每学年的寒暑假及平时,吴老师、林老师配合学生处开展勤工助学工作,合理安排,充分调动我们的积极性,使我们既能学到文化知识,又能在劳动中得到锻炼,学习、工作互不影响。吴老师、林老师指导我们的勤工助学工作,吴老师还经常带我们去学校后门的"侨苑"大排档改善伙食。他们得到学生处领导的好评,也受到我们的爱戴。

忘不了,保卫处麻队长给予我的存放活动道具的大仓库及给予的通行方便……

于我而言,怀念大学时光,就是怀念那段未曾蹉跎的艰难岁月,怀念那些令我感动无比的人与事,怀念那种在青春深处灌溉我灵魂的甘泉般的情愫。而这些将化作了我继续慨然而行、昂首高歌的底气和力量。

鲜花感恩雨露,因为雨露滋润它成长;苍鹰感恩长空,因为长空让它飞翔;高山感恩大地,因为大地让它高耸;我感恩肖老师、李老师、吴老师、林老师、陈老师、邱老师……因为她们亦师亦友,让我真正地懂得了感恩,懂得了如何去善待别人、热爱生活、回报社会……

校园里的邮递员

奋斗就是生活，人生唯有前进。

——巴金

大学生活总是被诗人和小说家描绘得如诗如画，丰富多彩；大学生在那个世界里总是无忧无虑，有很多时间玩耍，似乎从不担心生活上的问题。现实世界却告诉我，那只是虚幻，在没有生活保障的前提下，你不可能安心学习、考试，更不用说玩耍，谈情说爱。

进入大学时，我的生活就没有保障，但进入广东工业大学是我的万幸。

在学生处、学院领导的关怀下，我被安排到收发室参加勤工助学，每天下午负责校区教工宿舍的报纸、信件的派发。

在收发室里，我也遇到了两位非常好心肠的指导老师：陈老师、刘老师。她们耐心地教我叠报纸，带我走最近的路线，叮嘱我要注意的各种问题，使我这个在大学校园里捧着大堆报纸满校跑的"报童"心里热乎乎的。

派发数十份报纸及信件并不是难事，一个多小时就可完成；节假日要折叠报纸，每星期二有100份老人报，时间会久一点；定期刊行的《广东工业大学校报》《心路》要逐个办公室、逐个宿舍派发，而这需要利用课余时间。开始时，觉得很别扭，生怕碰见同学或相识的老师，不知何言以对；害怕别人怪怪的眼光，像是可怜，又像是鄙夷，总觉得自己有点另类。所以在派发报纸、信件时，我像是做错了什么似的，老是低着头，匆匆而过，不喜欢和别人的目光相对，不敢同别人打招呼。学生处肖处长、林处长、李老师，指导老师陈老师、刘老师等耐心开导我，叫我挺起胸膛做人。这种日子大概持续了两三个星期，之后的工作，我再也不那么"害羞"了，说话、走路也不再躲躲闪闪，而是主动和老师打招呼，感觉好多了。

工作总不可能是顺顺利利的，会有一定的困难，有点风风雨雨，还有喜怒哀乐。我遇到的第一个难题就是刮风下雨。那是9月中旬的某天，刮着大风，下着大雨，报纸、信件又特别多，但每日的报纸、信件必须当日派发，我不敢怠慢。可是只有那么一把小伞，该怎么办呢？没办法，只好用胶纸把信件、报纸包好，用两手捧着，用脖子夹着伞，卷起裤腿，一脚深、一脚浅地在风雨中摇晃，平时一个多小时的工作，那天我一直干到天黑才完成。心里在想，这可能便是生活。

  工作中还会遇到另一个问题。有时候，因为邮局的原因，报纸迟迟未来，或是因特殊情况，耽误了时间，报纸未能及时派发。有些老师便会打电话到收发室来询问，我便耐心地解释原因。本来报纸是派在信箱里的，但迟派时，我干脆直接派到老师家，并当面道歉："对不起，报纸来迟了。"老师见我满头大汗，并不生气，而是和气地说："没关系，谢谢，辛苦了。"这给了我很大的鼓舞，我决心在以后的工作中做到更好。

  某年寒假，我留校继续负责报纸、信件派发工作。时值春节假期，校园冷清了很多，但这并未影响我的工作热情。见到老师问一声："老师好，新年快乐，恭喜发财！"老师也真诚回应，热情大方的老师还要拿年糕、糖果给我。我以要工作为由推辞了，虽然没吃到糖果，但心里比吃了糖还甜。

  工作久了，我成了老师们眼中熟悉的身影。大件的信件、大份的报纸，信箱放不进去，我便直接送到老师的手里，或按门铃叫老师下来拿。有特快件EMS等到收发室时，我便立即打电话与收件老师联系，让老师尽快领取。每次遇见，他们都会跟我热情地打招呼。几位退休的老师每天准时在楼梯口边运动、边等报纸；我有空时还同他们聊天，谈学习、谈生活、谈经历、谈社会的发展。这也是我工作中的一大收获。

  只要你愿意努力，世界总会给你惊喜！

和两班主任叙旧

*美好的回忆就像在一片宁静的湖面，
掷下一枚小小的石子，泛起的层层涟漪。*

参加工作后，某天大学同学碧栋来电，说班主任邱家尘老师一直在找我，并告诉我他的电话。我马上电话联系，向老师表示歉意。由于老师电话改变，我们多年没有联系了。

邱老师是我大学的第二任班主任，第一任班主任是李廷勋老师，两位老师都是西安交通大学毕业的，很有水平，非常受学生欢迎。入学的第一次班会课，李老师说：广东工业大学非"985"，也非"211"高校，我知道你们很多都不是第一志愿报广东工业大学的。你们可能高考失手，有点委屈，如不服输，就一起再努力吧，把你们应有的水平发挥出来！李老师当时正复习考博士。他跟我们一起早读、晚修，后来李老师考上了上海交通大学。在李老师的带领下，后来我们班的标同学考上了华南理工大学的硕士研究生，后来他又考上了清华大学的博士。

我大三的时候，李老师去了上海交通大学攻读博士学位，所以班主任工作就交由邱老师负责。

邱老师平易近人，和蔼可亲，为人正直，敢说敢做。

虽然几年未联，但是邱老师一下子就听出了我的声音。一番问候之后，邱老师就问起我的近况，问我生活得怎样？家庭境况如何？家人可好？他还说，当年就知道我家境贫寒，但是一直都未能帮上忙，非常惭愧……

邱老师的一番话令我非常感动。其实，当年邱老师也给予了我莫大的关怀。一直担任班干部的我，常常有机会和他聊天，他常常给我鼓励，与我谈人生观。他那种平淡的心态和开朗乐观的精神常常激励着我。

毕业的时候，邱老师还通过自己学生的关系，给我介绍了多份优异的工作，但是我最终选择了做老师。邱老师当年说，其实做老师也挺好的，虽然成不了"富豪"，但是日子安安稳稳，也不错。

滴水缘情

一个周六,我决定约邱老师一起吃饭,顺便约上常常电话联系的第一任班主任李老师一起叙叙旧。邱老师年近70了,虽从母校退休多年,但是还在"发挥余热",被某高校聘用,周六要上8节课,下午4点半下课,他的体力令我非常佩服。而李老师的儿子刚满一岁,晚上正好有空。

我先开车去接邱老师。他远远地就认出了我。8节课后,他还是那样精神奕奕,当年的白头发竟变"黑"了,"坏习惯"却始终没有变——叼着一根烟。李老师也没有多大的改变,风采依旧。

我们相约在天河区五山教师村附近的"高山流水"餐馆。交谈中得知,邱老师退休后一直到处兼职,过得很充实。而李老师博士毕业后,到中山大学任教,现在已是副教授和硕士生导师。

我们聊及往事时,李老师很认真地说:"'富哥'当年不愧是富哥。有次,我的小舅子小林假期过来探望我的时候,幸亏有你帮忙找地方住宿呢。其实我也是有意让他和你接触,实地了解你的生活,体验生活的艰苦……"

这让我想起了好朋友林哥。林哥是李老师爱人的弟弟,为人豪爽,他叫我"富哥",我叫他"林哥"。大学期间,每年的寒暑假,我几乎都留在学校勤工俭学。当年,林哥常来看望他姐姐,可李老师家只有一间房子,家里不能安排住宿,他就来我的宿舍住。寒暑假,同学们都回家了,宿舍空荡荡的,我巴不得有个人陪我呢,所以我们很快成了好朋友。记得有一次林哥临走的时候,说一定要请我喝酒吃饭,我盛情难却。也是从那时候开始,我知道了北方人的热情好客。最深刻的印象是,吃饭的时候,他要了四支啤酒,按照他的规矩,一人两支。神奇的是,我这个不会喝酒的人竟然没醉。

说到喝酒,我们又聊起了2000年到上海实习的时候,恰巧李老师就在上海交通大学读博士,我们几个同学就一起去找他。李老师请我们五个人在上海交通大学的饭堂吃饭。李老师竟然要了一箱上海三得利啤酒(24支),旁边的学生看见了,用异样的目光看着我们,满脸的不相信。那天晚上,我们聊到很晚才把一箱啤酒喝完,李老师没有醉,有两个同学当场就吐了,另外两个同学回到宿舍也吐了。我虽然没有吐,但是怎样回的宿舍,却记不起来了……

当我聊到毕业后,刚开始工作,月收入不多,家庭负担重,还要找同学借钱时,邱老师很生气地说:"你也真是的,借钱为什么不找我,那些年我的支出不大，可以找我啊。"

我听了非常感动。

四年的大学时光虽然短暂，但是留在我们心底的故事有很多。美好的回忆就像在一片宁静的湖面掷下一枚小小的石子，泛起的层层涟漪。我和两位班主任边吃边聊的时候，还想起了当年毕业聚餐的情景。我对邱老师说："我们全班同学专门和您合影的那张照片，我一直保存着。"邱老师说："那张照片我也一直放在桌前，这些年来，我一直在关注着你们。"

那晚，我们聊了很久。夜深了，我们才依依道别。

李老师、邱老师和我

滴水缘情

恰同学少年

人世的沧桑，让我更加坚定自己，
向上向善的方向。

我是一个很念旧的人。

大概是缘于与生俱来的这种情怀，我从小对那些有意义的人或物或事，都有一种别样的牵挂，舍不得丢，也舍不得忘。比如从中学到大学的书本、试卷、奖状等，我都保存着。我母亲多次提出要把它们卖掉，我都不让。看着那一箱箱的书籍，总觉得那里面装的是我成长的种种经历；随着时间的流逝，也唯有它们，能证明在那些日子里我真的活过。

还有很多珍贵的记忆和情感，也一直保存在我的脑海里。大学毕业后，尽管每天都在为工作、家庭、公益等忙碌，但静下来的时候，我总会想起某些人、某些事。

有个因为胸口长毛而被谑称为"胸毛大志"的大学同学叫志，我们一起读书时，他给人的印象一直都是沉默寡言的样子，但他心地善良、忠厚老实、待人和善。他大学没毕业就与我们失去了联系。

志同学与我是同县老乡。他上大学一年级时，由于精神疾病休学，复学后插班跟我们一起学习。我们专业当时分一班和二班，虽然公共课在一起上，但大部分专业课都是分开上的；加上不住在同一栋宿舍楼，所以当时我对他了解不多。

学院书记和辅导员、班干部等，曾多次陪志同学到医院看病，平时也对他特别关照。一次学院联欢，辅导员周东斌老师和学院胡志先书记专门邀请他上台唱歌。他虽然怕羞，但是在大家的掌声鼓励下，终于鼓足勇气，站到舞台上唱起了《小芳》。联想到平时沉默寡言的他，全场同学们都被他的勇气所折服。

由于家庭困难，志同学跟我一样，曾加入学校勤工俭学绿化小组，负责校园的花草种植和护理。他工作认真负责，不怕脏，不怕累。志同学学习十分刻苦努力。"低温测试技术"的专业课期末考试，全班唯独他考了

80多分，获得第一名，连班长"神童标"也只有70多分。记得去上海实习前，胡书记、班主任等专门嘱咐我们几个班干部，一定要好好照顾志同学。

但上大四后，他的病情反复发作。病发的时候，他非常烦躁，无法控制自己，不过他从来不打人，不破坏财物。最严重的一次，是把同宿舍的同学锁在宿舍，不让同学们出去玩，并无造成伤害。也是那次，胡书记专门委托我护送志同学回他的老家。

但从此以后，志同学就和我们所有人失去了联系，杳无音讯。

2011年，大学同学毕业十周年聚会时，胡书记说，志同学之前一直打过电话给她，向她汇报自己的情况，但是近几年突然失联了。胡书记叮嘱我们要关心志同学。

2013年，尽管胡书记、班主任邱老师等均已从母校退休，但每次见面或通电话时，他们都会十分关切地提起志同学，一再嘱咐我要联系到他，了解他目前的境况，并表示愿意给予志同学工作或经济上的帮助。

老师们对志同学一直以来的惦记，让我感动之余，也深感惭愧。

随后，经多方努力，通过化州市义工志愿者朋友的帮忙，我于2013年7月22日到志同学家实地访查，详细了解了志同学的境况——尽管考上大学时，他是村里唯一的本科生，但受精神疾病的影响，他没能完成学业。回到家乡后，他一直单身，没有工作，虽曾经在外面做过散工，但由于身体原因不能胜任工作，只好回家种田、种香蕉。可每年的台风都会使当地的香蕉农户造成很大的损失，这让他的家庭经济状况更是雪上加霜，全年下来基本上没什么收入。他的大哥（年近50）也患有疾病，兄弟俩一直靠吃药维持平时的生活；他的父母都70多岁了，父亲患有严重的支气管炎，母亲瘫痪多年；一家几口住在一起，是当地最穷的低保困难户……

了解到志同学的近况后，我的心情十分低落。那晚，我捧起当年我们在上海实习时的合影，感慨良久——我们虽一起求学，可是，除了志同学，其他数位同学，如今都已经是单位的骨干，并且有房、有车、有美满的家庭……对比之下，志同学的情况真是令人心酸。

经过与胡书记、邱老师，以及标、良、栋、勤等大学同学联系商量，我们计划开展一次对志同学捐款帮扶的活动。我牵头在大学班群内发出倡议书，很快得到了全体同学的支持。在老师和同学们的努力下，共筹集了近十万元爱心捐款。经小组成员商议，部分捐款用于购买药品，余款将按月汇到志同学家中。

2013年8月17日，我们一行十余人，驱车400多公里，来到了志同学的家。我们为志同学送去了药品、家具、轮椅、水果、月饼、日用品、大米等，并给了志父母慰问金，以及他后期的一些治疗费用。

我们为这些年对他的疏忽深感内疚，希望他能战胜困难和疾病，砥砺前行。面对老师和同学们的关怀与帮助，志同学特别感激，也十分开心。

离开志同学家时，看到他皱纹纵横的脸庞和凌乱的头发，我禁不住泪水盈眶。不到40岁的年纪，我们很多同学依然风华正茂，可他却如飘零的秋叶，日渐消瘦……

面对人世的沧桑，我还能做些什么？唯有更加坚定自己向上向善的方向。

我们一行去看望志（左三）

时光不老，我们不散

同学一场，缘分一生；
时光不老，我们不散。

我当年的大学宿舍 6 栋 112 室，八个同学成绩都比较好，现在他们的工作都很不错。我们每年都定期相聚，虽难得人齐，但能参加的一定会来。虽然这栋旧宿舍楼多年前已经被拆除重建，但 6 栋 112 宿舍沉淀了我们友爱的记忆和精神。

标同学，大学一年级时"高等数学"考 100 分；后来到华南理工大学攻读硕士研究生学位；到清华大学攻读博士研究生学位，在中国最高学府之一取得最高学历。毕业后在广东省特检所工作，买房、结婚、生子，头发已经快"绝顶"了。后来继续从事博士后工作。

勤同学，出生于经济发达的广东顺德，但是从读大学到工作，丝毫没有公子气。以优异成绩毕业后，靠自己的努力，一步一个脚印，先后从事多个行业，拥有多套房子、多台车子，我们常开玩笑说他是即将实现财富自由的人。他还是那样纯朴、热心、热情，还经常自驾车开展贫困山区助学活动。记得他 2004 年结婚的时候，在顺德著名的龙的酒楼席开超过 50 桌，邀请全班同学参加，还包车往返广州来回接送，且一律不收红包。

在女生不多的广东工业大学，优秀的标同学、勤同学的太太都是我们广东工业大学的师妹，这让我们羡慕不已。

喜同学，广州本地人，乐观开朗的他简直就是我们宿舍的吉祥物、幸运星，毕业后一直在志高空调工作，和当地的女同事喜结良缘，并且做起了房东。

声同学，也是广州本地人，毕业后先在华凌空调工作，目前已是美的集团的骨干。

毅同学，凭借自身优势进入美的集团，一路做到了人力资源高管，现已跳槽到阿里巴巴，任人力资源高管，常驻上海工作。

辉同学，喜欢电脑，是宿舍第一个购买电脑的人，毕业后在用友集团工作，后跳槽到阿里巴巴，然后又辞职前往北京创业，现在是北京我的天科技有限公司CEO。

坚同学，广东佛山三水人，毕业后先在华凌空调工作，后又从事家电检测认证工作，现在已经暂居荷兰了。

2017年开始，室友决定以后的聚会改为家庭聚会，每年选择到一个同学家里聚聚。从勤同学的大平层到毅同学的独栋别墅，2021年，轮到我家了。虽然受疫情困扰，我们还是在年底的时候成行。我安排在广州大学城附近的新房子小聚，他们的到来，令寒舍蓬荜生辉。我们把凳子茶几搬到阳台，一边晒太阳，一边玩我们大学期间玩的扑克"拖拉机"，一起谈天说地。饭后，我们轮流试乘试驾实现"财富自由"、长相还似28岁的勤同学刚买不久的两座敞篷车。

峥嵘岁月，回味无穷，可惜由于疫情影响，这次有四位同学缺席：声同学、辉同学、坚同学、毅同学，只好留待下次相见了。

大学时代的室友

去赖叔家吃饺子

它像茶，平淡而亲切，让人自然舒适；
它像篝火，给人温暖，让人激奋前行。

人这一生说长不长，说短也不短。有的人走着走着慢慢地便失去了联系，可能再也没有出现在我们的生活中；有的人失去联系之后，也许在某一天突然想起还甚是想念。

在我的大学时光里，有那么一位宿舍管理员赖叔，让我印象深刻，怀念至今。

我整理资料时，找到赖叔写给我的几封信，看到曾经和他的信件，触景伤情。

小张你好：

我很高兴收到了你的来信，确实感到非常的激动，我们可想而知，仅在这短短的相互认识后，就象兄弟一样相待，互相关心，互相爱护，真心相待，情意之深。遗憾是我们现在不能在一起，开开心心生活在一起……

……你隐瞒我的一事，现在我知晓后，我感到非常的痛苦……现在我只能从信中鼓励你，化悲痛为动力，决不能动摇你学习的决心和信心，振作精神和意志，努力学习，刻苦钻研，以优异的成绩，报效全家及父老乡亲……

可能是人到中年，特别怀旧，总想起和赖叔的一些往事。之后我一直打听赖叔的相关信息，希望能找到赖叔，并去赖叔家坐坐，可惜一直未果。但我总是在生活和工作中留意相关讯息，就算有一点点蛛丝马迹也不放弃寻找。

我管理仲明学子资料的时候，也通过仲明学子灵析系统资料库查询了江西省赣州籍学生，但是始终没有找到大余县的仲明学子。我向大余县周围县的仲明学子打听，向网上大余县的一些公益公众号咨询，都没有下

滴水缘情

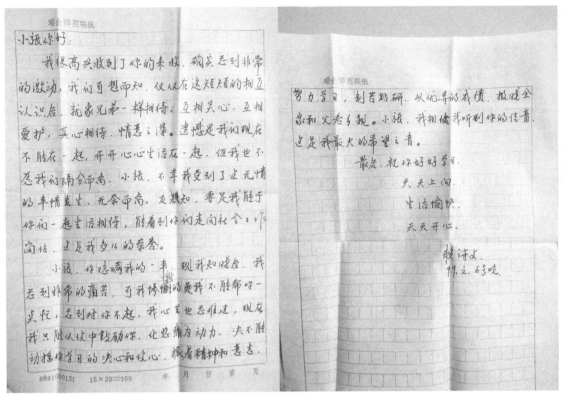

赖叔叔的信

文。在我一筹莫展的时候，某日因公到佛山职业技术学院出差，顺便去在三水区政府工作的仲明学子彩庆那里"蹭饭"。席间聊起她的一个从金融体系辞职后到碧桂园工作的大余籍朋友。我拿出手机，通过"园宝"（碧桂园App，仲明促进会办公室设在碧桂园总部，因工作需要，我安装了"园宝"App）上的联系人查询，竟然可以找到她朋友的资料，继而输入"大余"，查询到了大余（籍）碧桂园的销售员——亚娣。我先在园宝发信息，然后加她的微信，她听完我的来意，很热情地答应帮忙。另外，赣州籍仲明学子小雯同学（韶关学院在校学生）也通过各种途径，终于打听到了赖叔的目前境况及联系方式。

我根据打听到的手机号码，添加赖叔为微信好友，不久就获通过了。我给赖叔打了微信视频电话。没想到，这么多年过去了，赖叔也还记得我。让我惊讶的还有，尽管他一把年纪了，微信玩得也这么溜。在视频中我看见赖叔仍然是当年慈祥友善的模样，只是经过了多年的岁月洗礼，变得沧桑了不少。他的头发变得稀少且花白，脸上尽是岁月的痕迹。

一个周末，我决定从广州自驾车前往江西大余，续写这一段温暖故事。

这是我人生第一次自驾车出省。八百里之行，只想去看望一下赖叔，和赖叔谈谈人生，再吃一次大学期间吃过的他包的饺子。从广州出发，经韶关过梅关，冒大雨去大余。赖叔早早就在村口等我了，他领我到他家，一栋三层楼房，内外整齐干净。

赖叔娴熟地给我煮了两盘饺子。看着赖叔略微伛偻的背，我便想起多年前，在父爱缺失的日子里，我曾经在赖叔身上看见我父亲的身影。逢年过节在赖叔的值班室吃饺子就是一种寄托。我怎么也没想到，多年后，能和赖叔在他的家乡吃上一碗热乎乎的饺子，喝上一口赖叔倒的热茶，像许久未见的亲人一样坐下来聊聊家常。赖叔早年是村里的大队干部，现在每月能领到1000多元的退休金，生活无忧。儿女都成家了：儿子在东莞开厂，忙于生意；女儿嫁到赣州去了。赖叔年纪大了，不习惯城市生活，独自一人在家里，日常骑着一辆山地车出行。我也汇报了这些年的工作境况，赖叔听了非常高兴。

我们聊了很久，也聊了很多：聊到这些年的生活，聊到未来。赖叔说，有德之人，必有后福泽及后代，善良之人的后代子孙会发达。赖叔还是像多年前一样，反复叮嘱我要做一个对家庭负责、对社会有用的人。我在赖叔面前仍然像一个还未长大的小孩，对赖叔的教诲频频点头，并铭记在心。

不知不觉间天色已晚。临别时，他不忘煮几个鸡蛋给我带上，待回家路上吃。在回程的路上，我一边听着欢快的音乐，一边回想起和赖叔的点点滴滴。想想赖叔这么多年是不是也像我牵挂他一样一直牵挂着我，心里有种既愉悦又沉重的感觉：高兴的是，终于如愿见到了赖叔，并且赖叔也和我期待的一样过得很好；沉重的是，又要和赖叔分别了，下次再见面又不知道是哪个春秋，赖叔是不是还能像现在这样在村口接我，并娴熟地为我煮上热乎的饺子。

我在人生旅途中遇见过很多人，他们有的已经在大城市事业有成，有的也像赖叔这般普通，年老后落叶归根。我深知赖叔只是我生命里的一个过客，但是赖叔给予和教会我的东西让我终生受用，所以赖叔也让我感激和怀念至今。想和赖叔见一面，想去看望一下他老人家，想和赖叔聊一聊往事，是我和赖叔分离之后一直想实现的愿望。如今愿望实现了，我也希望以后有空能常去看望赖叔。希望赖叔身体健康，万事顺意！

我和赖叔

7 工作生活

感恩成长路上遇到的诸多恩师,知遇之恩不会忘却。
我的妻子勇敢善良,是白衣天使,更是"最美逆行者"。
我的儿,"诚""信"二宝,是我的满心欢喜。
为人子,止于孝;为人父,止于慈;为人,当止于诚信。

滴水缘情

师恩似海，衔草难报

师恩如山，因为高山巍巍，使人崇敬；
师恩似海，因为大海浩瀚，无法估量。

生活中，一件事，一个人，一堂课，一本书，抑或一句话都可能引起我们的思考和回忆，触动我们的内心，激励我们前行。

从小至今，在我的人生道路上，有太多恩师陪伴我前进，促我勇攀理想高峰。

求学路上，幸遇恩师！

（一）探望母校恩师

2009年3月，我接到母校林老师的电话，说吴老师病危，已经在空军医院ICU多天了。我一时间怔怔地难以相信。

吴老师当时才40多岁，是母校总务处的老师，早年毕业于仲恺农业技术学院，后任职于我的母校——广东工业大学。还记得我在母校求学时，吴老师也给予了我莫大的关怀和帮助。2004年，我们还一起吃过饭。他身体结实，但是他有一个坏习惯——喜欢喝酒、吸烟。

那天下午，我和洪健同学一起到空军医院看望大学恩师吴老师，看到他精神还不错，我心里踏实了很多。他一看到我，就能叫上我的名字。

吴老师身边坐着师母和太师母，她们见我们来了，也很感动，便一起畅谈当年读书期间的勤工俭学和趣事。言语间，我发现吴老师特别开心。

吴老师说，由于感冒吃错药，才导致了严重后果。3月4日入院，7日病情加重，不得不转院，在ICU住了两周才从鬼门关回来。这些日子，师母一直陪伴其左右，之前每天要透析1次，现在基本3~4天透析一次，情况已经大体稳定。

吴老师工作20年，一直以来待学生非常好，因此住院期间，每天都有很多学生前来探望。母校很多领导和老师也常来探望，这也是他为人成功的最好体现。在学校期间,吴老师就常和我们说,会做事,更要会做人,两者缺一不可。

这次看望吴老师,让我明白了什么是"病"——吴老师病危期间,一天的治疗费要18000元;领导的那句"不惜一切代价抢救",让我见识了何为一个人为人处世的成功。

吴老师不久就康复出院了。

2010年4月,适逢教材配套视频制作的需要,我回母校广播台进行录音,由此再次拜访了吴老师。我发现吴老师比以前消瘦了,头发也掉了不少,但是精神好多了,脸上依然挂满了灿烂的笑容。

想当年,在吴老师的带领下,我们一起种花种草,美化校园,偶尔他还请我们吃饭,带我们到处旅游,至今想来觉得甚是温暖。

那天,我在母校兜兜转转,还碰到了林伟英老师。林老师当年在学生处工作,主管勤工俭学,而今已经是学院副书记了。

我还见到了杨文新老师。杨老师当年是我的辅导员、学院副书记,他现在已经是学院党委书记了。近十年未见,但他一眼就认出了我。时至今日,我依然记得他教我做人的道理,那天他重复说了当年我毕业时对我说的话:"广东工业大学永远是你的港湾,需要母校帮忙的时候,尽管回来……"

那天晚上,我和几位恩师叙旧,畅谈至深夜……

天涯海角有尽处,只有师恩无穷期!

(二) 悼念同事莫老师

2013年6月17日,我沉痛地送别了莫老师。

莫老师是一位普通的老师,先是在企业工作,所以他的专业技术十分扎实,后来才转到我工作的这所学校任教。我参加工作的时候,莫老师已经退休,由于莫老师教学水平高,加上学校缺老师,他便被返聘回来。

莫老师为人和蔼,深受学生爱戴。我有幸和他一起任教,共事一年多。他的治学严谨、热爱学生、认真负责的工作作风,一直影响着我。

后来,由于年事已高,莫老师就彻底退休了。

莫老师乐于助人,生活朴素。由于学校住房紧张,我参加工作不久,便搬离学校宿舍,租住在莫老师生活的那个小区。因工作忙碌,小区每月的管理费、卫生费等，都是莫老师主动帮我交的。晚上下班回来，我才到他家把钱还给他。他的家很简陋，家具都是普普通通的木家具；并不很通风的客厅，竟然还没有安装空调。看到这些，我心里感慨万千。

莫老师勤劳、开朗。由于同住一个小区，我常常看到莫老师和他的爱人骑着单车，带上农具，到一处很远的地方种菜。特别是夏天，看到他满头大汗，我就问他，很多退休的同事都忙着享天伦之乐，您都一把年纪了，为啥还这么忙碌？莫老师笑眯眯地说，闲着无聊，这样顺便可以锻炼身体。

后来，我买房搬离小区，和莫老师的接触越来越少。偶尔看见他回学校走走，脸上也总是带着笑容。

几个月前，听说莫老师中风入院，我还没来得及去探望他，没想到这么快，他就走了！

生命如此脆弱，真是令人嗟叹不已。

莫老师走了，他那种兢兢业业、忘我工作的奉献精神，那种艰苦朴素、勤俭节约的优良作风，那种为人正派、忠厚老实的高尚品德，让我受益终生。

（三）拜访导师张老师

2014年初，我趁寒假去哈尔滨探望哈尔滨工业大学研究生导师张广玉老师。

几年的读研过程中，导师给予了我很多的帮助，他多次从哈尔滨飞赴广州、深圳，为我的毕业论文指明了方向，也给予了我很多关心。求学期间的艰辛是我无法用言语来表达的，在导师的悉心指导和帮助下，我才完成了论文写作，得以顺利毕业。

导师渊博的知识、严谨的学风和科学的态度，给我留下了深刻的印象。他平易近人的人格修养以及饱满的工作热情，也成为我学习的榜样。

我们约在哈尔滨工业大学西苑。张老师和师母一起，还邀请了他的同学和其他学生一起过来聚聚。恰巧我们订的房间是和另外一个人合用的。到达的时候，才发现，那个人竟是张老师的博士学生家长。张老师说，真是缘分啊。于是，大家干脆并桌一起吃饭。

我向张老师汇报了这些年来的学习和工作情况，他非常开心，也向我说了他的近况：曾经是哈尔滨工业大学最年轻的系主任，现在也是哈尔滨工业大学任职最长的系主任，已经连续19年任系主任了。张老师看淡名利，专注学术，喜欢旅游，刚刚从海南度假回来……久别重逢，我们聊得很开心，不善喝酒的我，以啤酒敬张老师。我竟然喝醉了。

我和导师广玉老师

（四）乐叔是我的指路人

2000年10月1日，《茂名晚报》以《一个特困生的求学之路》为题，大篇幅刊登了我的故事。我高中的时候，化州市人大综合科的苏玉安科长，曾经到化州一中举行写作讲座，他的幽默、诙谐的写作手法深深地感染了我，从此我们一直保持通信联系，信中我叫他乐叔。乐叔也是我人生的指路人。

乐叔自称"乐斗弹"，名片也用此做笔名以自嘲。"乐斗弹"，用家乡的口音读是一个贬义词。"乐斗弹"与家乡方言"落箖蛋"谐音，"落箖蛋"意思是母鸡下完蛋就开始在箖（鸡窝）里孵小鸡，这时候再下的蛋就叫"落箖蛋"。泛指本来不该来到世上，常常用于骂人。

2000年，和乐叔通信的时候，我把在学校勤工俭学发表的文章《抬起头来做人，路就在脚下》顺便发给了乐叔。他鼓励我的同时，也对我写

经乐叔推荐，我在《茂名晚报》发表的文章

作上的进步感到非常惊讶。乐叔把我的文章转发给了他在《茂名晚报》工作的朋友陈艺平编辑，然后就有了《茂名晚报》的文章报道。文章见报后，高三班主任祝辉老师给我汇来了500元，并且来信鼓励我；化州电台主持人张晴读播了我的文章；高一班主任何世福老师把我的文章读给师弟师妹们听，我也陆续收到一些师弟师妹的来信，安慰鼓励我。

参加工作后，有一次给乐叔家里打电话。对方说打错了，我觉得很奇怪。后来从化州公安局宣传科的一位朋友那里得知，乐叔因为脑出血去世很久了。听了这个消息，我心里非常难过，很久都不能接受这个事实。以前我和他常常有联系，但是毕业后给他写的信一直都没有回音，我已经预感到不妙。没想到他已经走了！走得这么早，这么匆忙，令人遗憾！

滴水缘情

天道酬勤，大道至简

世界是公平的，心在哪里，你的结果就在哪里。

和妻子相识，源于大学期间的勤工俭学。大学期间我曾做了一份校外兼职，担任某品牌矿泉水专卖店的促销员，周末在广州市越秀区署前路派宣传广告。毕业后，此项工作交给了师弟师妹负责。某个周末，我去看师弟师妹，顺便了解一下他们的工作情况。专卖店的老板娘刚好也在，她看到我傻乎乎的样子，经聊天知道我还没有结婚。她很热情地说要把她的同事介绍给我认识。后来，她的那个同事成了我的太太。

2004年，大宝快出生了，但是房子还没有着落，孩子的户口问题也没有着落。按照当时的政策，我的集体户口可以给孩子入户，但是客观原因导致我无法用集体户口给孩子入户。还是另外想办法吧，其中一个办法就是买房。我和妻子竭力四处筹钱，打电话跟同学说的时候，平时比较了解我的同学也非常乐意借钱给我：其中在广州卷烟厂上班的大学同学峰把存折和密码给了我，里面有两万多元；一起勤工俭学的大学会计专业的健同学在江门市新会上班，一个月才几百元收入，却借给我一万元；比我迟一年工作的同事梁老师也借了近万元给我。加上妻子的"非典"抗疫补偿金，很容易就筹到了几万元交首期。房子终于定下来了。

当你身处逆境，感到诸事不顺，爱情、事业、理想都成泡影，心生绝望之念的时候，不妨换个角度看这个问题，告诉自己：一切都是最好的安排，福祸相依，安知未来会不会发生惊喜呢？

世界是公平的，只要你努力，心在哪里，你的结果就在哪里。因为凡事皆有因果，只要真心、用心去做，结果总不会太坏。

2008年11月13日，广东省第五届珠江三角洲地区与山区及东西两翼经济技术合作洽谈会（简称山洽会）在广东省湛江市国际会展中心开幕。我有幸代表学校，带上学生作品《四自由度机械手》参会。该作品获得广东省大学生创新设计与制造竞赛一等奖。时任广东省委书记过来参观，并听取我对作品的介绍及操作，他拍着我的肩膀鼓励我说，辛苦了，好好努力，并和我亲切握手。领导原计划每个展位参观两分钟，在我校的展位却停留了五分钟。

这次湛江之行，使我有机会接触到这么大的场面，让我增长了见识，也学到了很多知识。能为学校的宣传尽力，我感到高兴和自豪。领导们的和蔼亲切给我留下了深刻的印象。他们的鼓励和寄语，为我们日后的工作提供了精神支持，也刷新了我的人生历程。

2022年6月6日，芒种，我有幸到华为参加学生的项目教学开班仪式，并且作了发言。这期间，我在华为和同学们同吃同住并一起学习了一段时间，还和几个在华为做了多年的优秀学生一起吃饭，畅谈未来。作为中国先进技术发展的高地，华为的员工一丝不苟，设备一尘不染，工作环境一流，此行让我收获满满。能参加这样的活动，得益于学校的平台，以及我那些优秀的学生。静思善悟终有所获，《匠心筑梦》一书也在此期间得以完稿。

这个世界上，唯一可以不劳而获的是贫穷，唯一可以无中生有的是梦想。这个世界很残酷，但只要你愿意走，脚下就一定会有路。青春不息，奋斗不止！

踏踏实实做事，才能致远。用心做成一件事，从来就不容易。努力做到极致，追求完美是我们一直坚持的方向。温暖而充满希望的生活并不遥远，希望社会因我们的存在而变得更加美好！

> 滴水缘情

经历生死，为爱情加分

人生的七个幸福瞬间：大病初愈，久别重逢，失而复得，虚惊一场，不期而遇，如约而至，来日可期。

——知乎

我曾不幸感染"非典"至病危；虽治愈，但要面对各种后遗症，仍不能阻挡我对医护的热爱，我为自己参加过抗击非典前线而自豪。

——我的太太

　　从家乡的小村庄，一步一个脚印地走出来；在广州这座大城市打拼，成家、买房、落户、立业，拥有两个十分懂事的儿子，一家人过着幸福的生活。这种人生或许平凡，于我却是最爱。

　　大学毕业当教师不久，我便认识了我的妻子。她是中山大学系统的一名普通医务人员，一名白衣天使，来自广东梅州。那时我们除了年轻，一无所有。老家都在农村，但我们非常相爱，有共同的目标——在广州成家。所以我们的恋爱岁月，基本上就是奋斗的青春，虽有过一些难忘的回忆，也只是简单的浪漫，更多的是共同努力工作。

　　和她认识以后，我也把这个消息告诉了我的大学恩师肖老师，肖老师也替我高兴。

　　2003年春节，是个黑色的二月，"非典"肆虐，她所在的医院被直接和间接感染，接连倒下多名医务人员，包括医生、护士、护工和司机，呼吸科几乎"全军覆没"。一次和她一起吃饭，她说，她的科室病区马上要专门收治"非典"病人了，她也申请了参与一线工作，我支持和鼓励她。

　　几天后，她说，现在的情况很严峻，病因路径暂时不明朗。一批人倒下了，一批人再接上去。她曾照顾过的救护车司机德叔（范信德）已经去世。他在医院工作了整整40年，大家都亲切地叫他德叔。他是开救护车运送病人时被感染的。许多年来，德叔家中有一位每天都需要他照顾的老母亲，已93岁，吃饭要儿子喂，睡觉要儿子哄。现在，老母亲一直守望着，不知道儿子怎么还没有下班。

疫情牵动着每一个人的心。疫情面前，医护人员无疑是"最美逆行者"。抗击"非典"，她冲锋在前。不久她也不幸被感染了。开始几天，我们还能电话联系。我嘱咐她要照顾好自己，不要有思想负担，一定要战胜病魔，平安回来。后来她的情况越来越严重，不久就失去了联系。经多方打听，我才知道她已经病危，无法说话了，并且紧急转送至省人民医院……所有家属都不能探望，我的悲痛达到了极点。那些日子，我也无精打采，日渐消瘦……一直在等待她的电话，更怕接到医院的电话。漫长的20天之后，终于等到她的电话了，她说阎王不收她，她要回来陪我。

"非典"疫情虽打断了我最初的结婚计划，但经历了疫情的生死考验后，我们更加珍惜彼此。

后来她获中共广东省委、省政府特记三等功，并获中共广州市委、市政府抗击"非典"先进个人称号，也先后获医院优秀护士、先进个人、年度考核优秀等荣誉。

2004年初，我把准备结婚的事情告诉肖老师，并且也向她咨询我的顾虑——"非典"是否会有后遗症（暂时不适宜结婚）。肖老师说，一切都是最好的安排，不用担心。还说要请我们吃饭，见见她。肖老师提前订了天河体育中心附近的广州酒家席位，我带她一起见"家长"。那次见面，肖老师很满意，然后我和她就去领证了。当年10月，妻子生下了我们的大宝。初为人父，我感受最深的是父母的不易和平日里辛苦的操持，还有身上沉甸甸却甘之如饴的责任。记得大宝出生那天，我在医院里跑上跑下，心里十分喜悦。但因买了房，经济拮据，我不得不因3000元的住院费在医院楼梯间一筹莫展。

2005年春节，我们极少出门。因为支付了买房的首期款及妻子生大宝的住院费，加上每月2000多元的供楼款，我家所有存折加起来只剩不到200元，注定我们只能过一个简朴的春节了。

因在国庆月出生，大宝得名"国诚"。那年我正在创建仲明助学网，非常喜欢这句话——诚信是一个人的立身之本，也是一个集体、一个民族、一个国家的生存之基。在我的人生道路上，仲明助学金带给我的不仅是雪中送炭的资助，还有《道义契约》的感恩和诚信教育。所以，我希望我的孩子将来也能常怀感恩之心、诚信之念，尽己所能帮助身边的人，和我一起发扬"受惠社会，回报社会，让爱薪火相传"的仲明精神。

有了孩子，我和妻子更加勤奋地打拼，希望能早日完成供楼。我们省吃俭用，同甘共苦，直到2005年年底，我取得了中级职称，待遇得到提升，这种拮据的生活才慢慢得以改善。

"'苟利国家生死以，岂因祸福避趋之。'如果让我再选择一次，我还会选择到抗疫一线。"2020年新冠疫情暴发，妻子也报名支援武汉，被安排到第三批医疗队中。由于第二批医疗队前往支援后，武汉疫情结束了，她未能成行。妻子说："冲上一线，不需要任何原因和理由，只因这片土地养育了我，只因她现在需要我。"

2021年6月，广州荔湾区新冠疫情暴发，我们共同走在抗击疫情的路上：妻子以医务人员的身份到东莞等地支援，我跟随广州市直机关以党员志愿者身份在芳村封控区抗疫。抗疫之初，我因到过高风险地区而焦虑犹豫过，中途因"黄码"被迫暂停休息过。但是我不忘使命，坚持抗疫。我也获得了中共广州市荔湾区委员会、广州市荔湾区人民政府的抗疫表彰纪念证书。

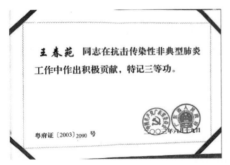 

妻和我获得的荣誉证书

"富二代"：我的二孩故事

> 只要思想未遭锢蔽的人，谁也喜欢子女比自己更强，更健康，更聪明高尚，更幸福。
>
> ——鲁迅

受益于二孩政策的放开，我家的二宝于2016年出生。在感恩和喜悦之余，我们给二宝取名为"信"，加上大宝的"诚"，"富二代"的名字完成了"诚信"的组合。有朋友问我："为什么选择'诚信'组合呢？"这得从我和仲明助学金的故事开始讲起。

2007年5月，众多媒体温情讲述了碧桂园杨国强先生十年匿名委托《羊城晚报》社设立仲明助学金的故事，他的故事深深地感动了社会各界。第一次得知仲明助学金的捐助者名叫"杨国强"时，我感动得流泪了，不仅仅因为他匿名帮助我渡过了艰难的大学生涯，而且我觉得自己与仲明助学金的创始人真的是"心有灵犀"，因为我的大宝名字中也有个"国"字。这种缘分甚是难得。

2007年5月，我作为特邀嘉宾，在广东外语外贸大学参加《羊城晚报》社主办的以仲明助学金为题材的"感恩创造社会财富"论坛。讲完我与仲明助学金的故事后，我当着众人的面，开玩笑地说："我的儿子叫国诚，如果以后计划生育政策允许生二孩，我再生一个，就叫'国信'。"

谁能想到，多年后这个玩笑真的幸运地实现了。2016年，二孩政策全面放开后，我家二宝便呱呱落地，我毫不犹豫地为其取名"国信"，从而如愿完成"诚信"组合。很多朋友因而说我"言而有信"，我也特别感恩和喜悦。古人把诚信看作做人非常重要的品行之一，讲究"言必行，行必果"，所以，"诚信"的人生才是完美的人生，心向往之，行必能至。以此共勉！

仲明助学金不仅给予我们物质上的帮助，更重要的是给予我们精神上的支持。我给两个儿子分别取名国诚、国信，也是希望他门日后诚信做人。

幸福，其实就是无数个平淡而又充实的日子积累起来的。在大宝与二宝相隔的12年时间里，我和妻子及大宝度过了一段琐碎而快乐的时光。那些年，我和妻子都要上班，大宝很小的时候就只能由奶奶或外公、外婆从乡下过来广州照顾。

有了二宝后，我和妻子更加忙碌了。曾有不少同事笑言："富哥的二代，不就是'富二代'吗？"我听了哈哈大笑：那是精神上的"富二代"，"富二代"他爸。这是我的心里话，二宝的出生给我带来了新的精神动力，平日里看着大宝和二宝在家里亲密无间地玩，我也真心希望他们今后能做精神富有的人。

我觉得二宝要比大宝幸运多了，毕竟相差了12年。除了二宝穿大宝的旧衣服（知己好友笑说，我们一直珍藏着大宝的旧衣服，是"早有预谋"生二孩），其他无论是经济条件，还是我和妻子的育儿观念、教育方式等，二宝拥有的都比大宝好太多。当然，我在感到生命延续的同时，也真切地感受到时间的流逝：每每站在镜子前，看到发际线不断后移，那些岁月的风霜总是裹挟着生活的辛酸一起浮现。毕竟二宝出生时，我和妻子已年近40。家里老人说小孩衣服最好用肥皂手洗，而且使用尿布比纸尿片更好，我便主动承担起这个任务。每天手洗二宝的衣服和尿布。不到一个月，我的双手皮肤严重损伤，甚至不敢伸手见人，这种为人父母为了孩子而付出的辛酸令人终生难忘。

但一切都是值得的。大宝刚出生时，我才20多岁，那时忙于工作，对孩子的照顾便少了。而二宝降临时，我已人到中年，开始懂得让生活慢下来。每天当我抱着二宝吃饭，或者看着大宝轻轻地逗着二宝笑，我感觉时间都慢了些。这种溶于血液深处的温情，会拂去心上所有的阴翳，只剩下满心的欢喜。

家里多了一个小生命，心上便又多了一分牵挂，多了一分愉悦。虽然少了初为人父的那分激动，但看着孩子一天天成长，从小嘴儿吐着泡泡，到咿呀学语，再到蹒跚站立，然后上幼儿园，以及将来成为一个有独立思想的个体，他每一次的改变都有我的参与，这是何其幸运和幸福的一件事！大宝和二宝给予我的，不仅是亲情和责任，还有努力拼搏的动力。

这些年来，为了二宝的成长，我的妻子吃了不少苦。尤其是孩子在夜里莫名其妙哭闹的时候，她需要经常熬夜，真的非常劳累。加上她又是医护人员，工作上的作息时间也不断调换，所以她的睡眠很不稳定。我特别心疼。

作为父亲，我对大宝也是有一些愧疚的。小时候陪他的时间较少，记得他六岁时的一天傍晚，我加完班后才匆匆忙忙赶到幼儿园，其时，其他小朋友早已经被家长接走。那天是幼儿园期末家长会及游园活动日，活动中有亲子游戏，有家长陪同一起玩的小朋友都会收到幼儿园的礼物。所以他一见到我就大哭："爸爸，你为什么又这么晚才来接我！你为什么不来开家长会，你和妈妈都不来开家长会，我没有收到礼物！"儿子的哭声，让我也眼含泪水。那段时间，由于妻子下班时间较迟，而我工作也很忙，因此儿子总是幼儿园里最后被接走的孩子。他上幼儿园三年，我没有去开过一次家长会，我确实不是一个称职的父亲。

而有了二宝之后，我不仅常陪伴二宝，还在大宝"欺负"二宝时，习惯性地批评他，要他爱护弟弟。后来，我感觉到大宝的变化以及自己的错误，便开始考虑大宝的感受。其实，在家庭中，二宝的到来，受影响最大的是大宝，因为父母不再是他一个人的了，有一个更受宠的二宝分走了父母的爱。意识到这点后，我和妻子尽量"一碗水端平"，时刻关注大宝的反应。

孩子是对父母最珍贵的馈赠。走在二孩时代的路上，尽管偶尔生活有些心酸和些许的不如意，但为人父母的责任和社会道义的担当，足以砥砺我们前行。二宝出生后，母亲把乡下养的鸡抓过来给妻子补身体。母亲感慨很多：年轻时代，种田要交公粮，现在不但不用交，还有政府补贴；没想到社会变得这么好，我们要听党的话，积极响应国家号召。母亲用普普通通的农民的淳朴语言，道出了对社会发展最真切的认知。于我们，由于两个孩子出生时都是剖宫产，医药总费用都超过10000元，受惠于国家的生育保险政策，大宝出生，自付了3000元，二宝出生，只自付不到500元。

工作岗位的变化，使得我的工作少了一些烦琐和忙碌；兼顾家庭、工作、公益方面，没有此前辛苦。二宝满月的那天，我长长地舒了一口气。有了二宝，家庭的支出大了许多，小孩衣物、用品、奶粉……以后的花费还有更多，大宝也要上中学了，感觉肩上的压力又大了许多。回想妻子坐月子那一个月，我似乎没有睡过一个囫囵觉。二宝还太小，经常闹夜，熬夜便成了我的习惯。双方父母渐年迈，亦不忍心让他们太操劳。为了照顾家庭，白天还要工作，我努力在工作和照顾二宝之间寻找一个平衡点。这些年来，感谢我的家人在生活方面给了我无微不至的关怀和照顾，家庭的很多事情都是他们在默默地承担。我在学习和工作过程中取得的每一点进步，都凝聚着家人的汗水；家人的奉献也是我再攀理想高峰的动力。

孩子的教育问题是一个任重而道远的事。为人父母，我们都不乏爱子之心，但如何在孩子成长的路上扮演好自己的角色，我们还需更多努力。大宝上初中后，明显更懂事了，学习成绩也很好，这是我们做父母最欣慰的事情。大宝还获得"广州市优秀学生"、"嘉庚杯"学生社团优秀学员称号。他热爱运动，是班里的足球队队长；还连续多年获得"市长杯"乒乓球赛区团体第一名。他还担任学校开学典礼、升旗仪式及庆祝教师节等各种大型活动的主持人；担任学校开放日的志愿者……这些远远地超越了当年的我。

一直以来，我都教育孩子要讲诚信，懂感恩，且努力培养孩子有一颗热心公益的心，我曾多次带着孩子一起参加仲明公益活动，体验和传承仲明之爱：到敬老院看望老人，帮他们做手工；参加公益演出；到儿童福利院陪孩子们玩游戏；参与仲明助学金颁发仪式；参加广东省仲明助学志愿服务促进会成立仪式等。

感谢我的妻子和两个儿子，让我体会到了幸福的真谛。每当我在春光正浓的午后，左手牵着大宝，右手抱着二宝，和妻子相伴，漫步于小区林荫道时，心里便感觉，人生如此踏实安好，就无惧一切风雨。

我们在守护好自己的小家时，也需努力担负起守护社会的责任。2022年4月，广州白云区发生新冠疫情，我报名回校参加24小时住校的抗疫工作小组。驻校的日子里，十多天不能回家，家里的小宝每天晚上都要跟我微信视频，每次都会问："爸爸是不是很想跟我视频呀？你在学校干什么啊？你什么时候回来啊？"我每次都激动地说："是啊，我在学校阻挡

'坏人'进来,我很快就可以回去了,你在家里要乖啊!"同时也忍不住掉泪。随着广州"摘星",住校工作结束,我立即回家抱抱宝宝。

有一颗感恩的心,心才会开阔,生活才会快乐。脚下的路仍在延续,我相信有付出就有收获,希望社会因我们的存在变得更加美好,也促使我们遇见更好的自己。

我家的大宝、二宝

8　乡音乡情

　　乡音难改，故土难离，不忘来路时，当常回家看看。

　　故乡的一草一木、一砖一瓦都牵动着我的心。儿时的记忆、浓浓的乡情时常在梦中萦绕！

　　在困境中坚持，在感恩中成长，但愿人生可以在荒芜中走出繁华的风景。

土业带上爱回来还愿了

> 走正直诚实的生活道路，必定会有一个问心无愧的归宿。
> ——高尔基

2011年农历正月初五，为了完成小时候外公的"诺愿"，我尽管身体不适，但仍坚持自驾车带上爱人及儿子回了一趟故乡。

回到老家的第二天一大早，我就到集市上准备相关物品，然后去三舅舅村子的庙宇（那明境）还愿。

土业终于长大成人成家，而且已经离开家乡求学、工作、生活很多年了，是时候回来还"诺愿"了。可是，土业的外公没能看到土业一路艰辛坎坷、一路顽强拼搏地成长，无法看到土业如今的模样，也不能亲眼看到土业回来还"诺愿"了。

那天，天气晴朗，三舅舅帮忙张罗还"诺愿"。三舅舅一边转述外公当年的遗嘱，一边感叹着对我说："几百年来，咱们村里的庙宇都很灵啊，外公没有看错，土业也没有辜负外公的一片苦心，外公的在天之灵也应该感应到了，安息了；我也谨记嘱托，但行好事，莫问前程；做好自己，天自安排；只管耕耘，自有收获。这一程人生，我不曾辜负；这30多年来的所做所为，也是尽力了。"三舅舅似乎松了一口气，如释重负的样子，我听了特别感动，对外公、三舅舅更加敬重了。

那天，60多岁、没有妻儿、头发花白的三舅舅，遵照外公嘱托，在庙宇香案前"郑重"宣布：土业回来还"诺愿"了。三舅舅一边带着我举行还"诺愿"仪式，一边给我重温当年的往事，令我既感动又伤心难过。当年破烂不堪的庙宇也已经变成了全新的水泥琉璃瓦屋，墙上也刻有我的微薄捐款和名字。

三舅舅还对我说："你外公没能亲眼看到你长大成人、成家立业，这是他一生的遗憾；你外公今年100岁冥寿了，如果他还在，看到你现在的境况：农村出生，奋斗到了省城，为人师表，家成业就，有车有房，一定会很高兴。"

但是，外公的家已经支离破碎：大舅舅、舅母、姨妈已经先后去世；小舅舅生意失败，染上恶习，负债累累；因为贫穷错失东山再起的机缘，三舅舅终生未娶，成了五保户，孤苦伶仃。回想起这一切，三舅舅伤透了心，我也悲痛欲哭。三舅舅是村中唯一还住在瓦房的人。

三舅舅跟我一起回忆起那些我年幼时以及和外公、外婆生活的日子。那时候我常到外婆家"蹭吃"，因粮食不足到三舅舅家挖番薯回家充饥；我家有事需要帮忙的时候，三舅舅不管半夜三更还是刮风下雨都走路过来；是三舅舅帮我交了学费，我才顺利入读小学；父亲外出打工的日子，是三舅舅过来帮忙收割；父亲去世那天，是三舅舅倾囊处理父亲的后事；父亲去世后，是三舅舅过来帮忙耕种……不管生活多艰难，30多年来，三舅舅一直在坚守着外公的嘱咐。

年过六旬的三舅舅，一生极少生病，正如外公给他起的名"康寿"，期待他健康长寿。三舅舅至今也不会骑车，更不会开车，为人和蔼可亲，患有"疝"疾不自卑，性格开朗，自食其力，如今依然靠种田及农闲到十里八乡晚上唱戏（木偶戏）赚钱帮补过日……想到这里，我黯然落泪。

那天，我完成"诺愿"，三舅舅准备了一桌美食招待我；准备回家时，我和平常一样塞给三舅舅几百元钱，三舅舅开始不肯要，说我每次都这么有孝心。我坚持要给，他就转身抓了几只自己养的鸡，让我带走，但我没有收下。上车后我忍住眼泪不让它在三舅舅面前掉下来。直到车开出几十米，我在后视镜看到三舅舅苍老的身影，眼泪还是夺眶而出……

毕业、工作、成家，人世间的酸甜苦辣都已尝遍，看着日益苍老的母亲和舅舅，我也体味到了作为儿女的责任和义务……我在心底默默告诉自己，一定要常回老家看看，一定要珍惜生活，一定要珍惜身边的亲人，要铭记外公、外婆的期望——外婆去世前对我的最后一句叮嘱："要好好读书啊！"这也是外公一直叮嘱的。

我的外公叫"大育"，我的名字叫"土业"；如今土业已经长大了，外公却看不到了。我活着，外公便活着。虽然还了"诺愿"，但我还是土业，这也是一种血脉传承。

2018年，在党和政府的关怀下，得益于国家政策，当地政府出资给三舅舅盖了楼房；三舅舅每月还能享受政府数百元五保户补助及免费医保，过上衣食无忧的生活。

我的三舅舅

土业在家门口

随着小舅舅、大表哥表嫂、大表弟等先后英年早逝，三舅舅独自生活。三舅舅在我们的劝阻下，不再种田了。但他在家闲不住，依然养着两头黄牛。逢年过节，我回乡下的时候，偶尔给三舅舅带点小酒。对三舅舅来说，或许他的所有大事都已经完成了，圆满完成之后可以喝酒庆祝一下。年近80的三舅舅精神不错，常徒步到十里八乡唱木偶戏……

因新冠疫情影响，我已经很久没有回老家了。2022年5月，三舅舅因不小心摔倒，头部受伤，住院多日，因新冠疫情，我无法前往探望。8月，趁着暑假，我回了老家一趟，探望母亲及久别的三舅舅。三舅舅年事已高，再见到三舅舅，他苍老憔悴了很多，目光显呆滞，竟然认不出我了。我跟他慢慢说我小时候的故事，很久他才认出我，说："你是土业，我的大外甥……"这辈子，三舅舅不管遇到什么困难，发生什么事情，从没见过他在我面前流泪，那天三舅舅哭了，我也哭了。临走时，我给三舅舅一支产自贵州的酒，把提前准备好的一沓10元面值的新钱给三舅舅，三舅舅一拐一拐地送我到门口……

没有想到，和三舅舅的这次相见，竟然可能是最后的见面。

2022年8月23日，患有老年痴呆的三舅舅突然失踪了。恰好遇上"马鞍"强台风，众多乡亲邻里多方寻找，至今还渺无音讯。

三舅舅的邻居说：2020年，三舅舅晚上还到邻里乡里唱木偶戏。2022年初摔了一跤住院后，身体每况愈下，也许是"马鞍"台风把三舅舅带到了极乐世界……

我日夜都在等待奇迹，希望这次奇迹能出现。

土业给三舅舅讲故事（2022年中元节前夕）

故乡的老爷爷、老婆婆

乡愁，是那条离家时的小路。

乡愁，是那一抹对乡土的执念；乡愁，是那条离家时的小路。

八公晚年用丝竹篾编织人生。1997年底，他的妻子去世；1999年，八公年过八旬，参加修族谱。2000年，八公去世了，享年85岁。那时候我刚好在上海实习，遗憾没有见到他最后一面。

没有轰轰烈烈，没有豪言壮语，只有赤子情怀，只有默默坚守。八公用最朴素的行动，践行了他最后神圣的"使命"。八公留下刚完稿待印的族谱，说好等我毕业后一起去看张炎故居以及把村里流传的山歌、喜庆赋文、谚语、祝文等整理成文字的愿望未能实现；八公一直盼望的"路通了，村民才会脱贫致富"的愿望还没有完全实现。八公遗言：经历了磨难，才见到阳光的明媚；勿忘过去的辉煌或苦难，无愧现在的使命担当，不负明天的梦想。让我好好珍藏族谱，有机会一定要想办法实现他那些未完的愿望。以后砂塘村的故事交给我来讲下去，我要把砂塘村的精神发扬光大……

那位住在深山里赐予我甘泉的老爷爷，名字叫宜佳，"宜"字辈，很多乡亲叫他"佳叔"。由于他在同辈中排行最后，我按照乡下习惯叫他"晚公"。

2009年2月，他也走了！

2009年春节，由于忙于工作，我没有回老家过年。就在2月12日晚上9时，他永远地走了，享年84岁。他没有儿女，独自一人，走后没有留下什么。当母亲打电话告知我的时候，我心里特别难过。没能见到他最后一面，这也是我一生的遗憾。

也许他已知天命，临终前20天，就把后事都安排好了，说死后火化，不要留骨灰，人走了就走了。在土葬气氛浓重的老家，有这样想法的人很少。

他走之前的一天，我还打电话回去问母亲。得知他年事已高，身体欠安，常常呕吐，但生活还能自理，可以到处走走，心里稍稍感到安慰，没想到他走得这么匆忙。

宜佳晚公生前常常助人为乐，一生辛勤劳动，积蓄不少，但是几乎全部用来帮助别人。据说，他走时带着安详欣慰的表情。他走后，前来送行的乡亲络绎不绝，愿他在天堂能够安息！

故乡还有一位老爷爷，也让我念念不忘。他叫宜鹰晚公，也是"宜"字辈。

2014年2月25日，忽然接到母亲来电，说村里年龄最大的宜鹰晚公离世了，我心情沉重。宜鹰晚公享年95岁，是当时村中唯一四代同堂的老人。

宜鹰晚公性格温和。我小时候常常和伙伴们到他家闹着玩，他总是非常慈爱地对待我们。宜鹰晚公可谓子孙满堂，他家是附近乡里出名的大家庭。他的子孙们全部盖了新房，而他和老伴却坚持留在老屋居住。

记得我考上大学时，父亲为我的学费发愁，特别是向一位经济相对宽裕的乡亲借钱无功而返的时候，宜鹰晚公当着很多乡亲的面，塞给我20元，说我是村里第一个大学生，这是他的一点点心意，希望我努力学习，为村里争口气，走出家门，（将好学的精神）发扬光大……他的这份情意，我一直铭记在心。逢年回去的时候，我也常常到他家坐坐。

这些年，我经常和来自故乡的姑婆在广州喝茶，听她讲过去的故事，回忆革命历史。姑婆出生于20世纪30年代，辈分很高，和我高祖父同辈。她并不是我真正的亲戚，而是由于她老家的房子就在我家房子旁边，且我在广州读大学期间，也曾经得到她的帮助，所以我早已将她视为重要的长辈，跟她特别亲近。

姑婆说，她原本有四个兄弟姐妹，她大哥（张亚泰）十多岁时加入中国共产党，参加革命工作，后被叛徒出卖不幸牺牲，牺牲时不到20岁，新中国成立后被追认为"革命烈士"；三哥一岁时因饥饿夭折，只有她和二哥（张汉三公）幸存下来，但是生活很悲惨，无吃无穿；她一岁时就失去父亲，不久母亲也突发疾病，家里根本没钱为母亲治疗，小小年纪的她只能眼睁睁地看着母亲在自己眼前咽了气。她被送到邻居家寄养，后来又被带到化州赖家园一户人家做侍女。新中国成立后她辗转来到广州成了家。通过各种回忆，她在80年代初寻亲找回了故乡。她二哥在村委担任村干部，二哥"退休"后（那时没有退休一说，也没有退休金）依然艰苦度日,还经常到河里抓鱼虾。二哥艺高人胆大,还到田里抓蛇、虫、田鸡、老鼠帮补伙食……

有一次,姑婆还感慨地跟我说:"在我们那个贫穷的村子里,我是第一个离开村子到广州谋生并落户广州的,而你是第二个。我们都有过坎坷的经历,遭遇过不幸,也都很幸运地在社会的帮助和自己的努力下,逐步找到了幸福的生活。"

姑婆如今年纪大了,越来越想家乡,虽然她当年的亲人一个个离世了,但她还是很想回去看看。可惜她行动不便,只能把乡愁深深埋在心底。

和姑婆喝茶

在故乡,像姑婆这样关照过我的老奶奶,也还有几位,比如五婆婆、四婆婆等。

2013年的一天,母亲来电说90多岁的邻居五婆婆走了,前一天晚上还吃得好好的,入睡后却没有醒来,走得很安详。但是我的心情却十分沉重。五婆婆的真实名字叫桂芳,由于她丈夫排行第五,我们都叫她五婆婆。我记事的时候,五婆婆就已经失去了丈夫,她常常到我家来坐坐。心地善良的她特别能干,年纪很大的时候也能操作织布机,凭着辛勤劳动,一手带大几个子女,因此威望甚高,一直是村中典范。

我深刻地记得,父亲出殡的那天,村中威望极高的五婆婆、八公等都过来送别，白发人送黑发人，他们也伤心落泪，放声大哭；五婆婆对着苍天，对着我父亲的亡魂哭诉说："多年前，因为计划生育，你的儿子小小年纪在家门口等你回来……这次，你就这样走了，你再也不会回来了……一个体弱的妇女怎样供养三个小孩生活和读书？苍天无情，希望你在九泉之下安息，请你的在天之灵保佑你的妻儿……"

他们也嘱托我，把父亲安葬在村里最大的一座山的山腰，墓朝向家里，希望父亲能一直守望我们！

五婆婆

我也一直惦记着村里的四婆婆。我参加工作后，回来过年时，也经常顺便去看望她。四婆婆说我小时候缺吃少穿，一直都长得不高不大，皮包骨头的样子，没想到现在却长到近一米八，"高大威猛"，没有辜负大家的期望。

最近几年，她年纪大了，足不出户，但是生活能自理，能自己冲凉洗衣服，眼不花耳不聋。每次回去看她，我都会逗她，问她认不认得我，我叫什么名字，然后给她一些钱让她数，一般都是 5 元或 10 元面值的新钱，我让她把张数准确告诉我，并打赌，数对了，钱就是她的了。每次她都自言自语："前有宜仁太公领猪肉，今有他的后辈给我钱！"我和她约定，下次回来看她，她也要认出我，能叫上我的小名，要懂数数……她笑眯眯地答应我。

2021年春节，四婆婆去世了，享年100岁。

我和四婆婆

这种故乡的记忆，虽已久远，但总会让我在寒夜里想起时，心生温暖。这种温暖，让我在平凡的生活中，念念不忘。

滴水缘情

猪肉佬的故事

所有人都在心中留下一缕守望，那是窗前故乡的明月，也是未完成的梦想。

我童年时期的农村，家家户户都比较穷。每天如果有一餐饭吃都算奢侈的了，猪肉更是一个月都吃不上一次。但是在乡下，逢年过节买猪肉是必需的，不仅是为了自己吃，而且要买猪肉拜神、拜祖宗。

邻村有一个"猪肉佬"叫保叔，他从小从事猪肉买卖，还有一个"响当当"的外号——"猪肉保"。由于他恪守诚信经营，因此在方圆数个村庄深受欢迎。乡亲们一直都离不开保叔，对他有非常深厚的感情。

父亲常常跟我们提起两个"猪肉佬"的故事：

其中一个"猪肉佬"非常吝啬。有一年腊月，一位贫农赊账买了一斤猪肉，那个"猪肉佬"回家想了想后，怕收不到钱，便马上赶到贫农家里要回猪肉，可是猪肉已经煮熟，那个"猪肉佬"竟把煮熟的猪肉从锅里捞走了。贫农没办法，后来只能端一碗猪肉汤去拜神。这事一时被乡亲们传为笑谈。

另外一个"猪肉佬"，便是保叔。他忠厚老实，体恤穷人。20世纪80年代，猪肉虽然才几毛钱一斤，但是很多人都买不起，我家也一样。逢年过节，我家都要从保叔那里赊账买点猪肉，欠到年底才想办法还钱。有一年，我家里实在太穷，年底也没钱还给保叔。这种情况下，再买猪肉过年就更不敢提了。那天，父亲刚好在路上碰到了去赶集卖猪肉的保叔，父亲很不好意思地说了实情。保叔见此情形，二话没说，便割了两斤猪肉给我父亲，说先拿去过年吃，日后有钱再还。由于马上过年了，要拜神拜祖宗，家里又有小孩子，父亲犹豫再三才收下。

此后经年，每逢春节吃团圆饭时，父亲都会提起这件事情，这让我对保叔充满了敬意。

我上大学后，很少再见到保叔。父亲去世后，联系就更少了。

2013年春节前夕，我回老家过年时，专程去拜访了"猪肉佬"保叔。

我们彼此都快认不出了。岁月蹉跎，我没想到保叔也已经60多岁，头发花白。他高兴地拉着我的手，让我进屋里坐坐，和我聊起以前的事情，畅谈他和我父亲的交情。当我说到那两斤猪肉，对他表示感谢时，他特别激动，说这其实没啥，都是乡里乡亲……

又说到他从小从事猪肉生意，从来不欺骗群众一斤一毫，虽然赚钱不多，但是心里踏实，问心无愧，就算是刮风打雷，月黑风高，半夜三更出去拿猪肉也不怕。说到这里，他也特别激动。

他说，现在虽然年纪大了，依然起早摸黑，一边做猪肉生意，一边种田。孩子也长大了，大儿子跟他一起从事猪肉生意。虽然已经盖起了楼房，但是他还是舍不得放下猪肉生意，因为群众相信他。

临走时，我把特意从银行兑换的一沓全新零钱给保叔，说是我父亲遗梦要还给他的。又说年底和新年做生意，顾客都喜欢找零的时候拿到新钱；用新零钱做生意，一定会生意兴隆。他再三推辞后收下了。

年初一，全家的孩子们在一起的时候，我给他们讲"猪肉佬"的故事……

但是我万万没想到，仅仅一年后，我突然接到保叔的电话。他说他刚从广东湛江看病回来，怀疑自己得了"绝症"，已经好多天无法入眠了，希望我能够帮忙，联系广州最好的医院看病。我连忙答应，并安慰了他一番。随后，母亲也来电，叫我一定要帮忙。原来，20多年前，保叔的耳朵下面长了一颗小痣，偶尔会痒。他曾按照乡下土办法用废电池填料敷过，也到县城防疫站用激光治疗过，后又到湛江医院做手术切除，但还是反复痒，并不断抓出血。这次检查，被怀疑是"绝症"。

照片上，保叔明显比以前消瘦了。我马上联系在广州某大医院工作的仲明学子凤，并很快就帮忙预约到了手术。几天后，保叔就和家属坐车来广州治疗。经过全面检查，医生说保叔没有得绝症，只要手术成功，就不会有事。由于工作忙碌，保叔手术那天我没去医院。做手术时，他儿子在医院等了四五个小时，非常担忧和着急，给我致电数次，我只好安慰说，保叔是好人，一定会平安。果然，当晚手术结束后，医生说，手术成功，伤口痊愈后就无问题了。

保叔出院回家那天，我去送别。他的精神状态已恢复得很不错，不停地对我表示感谢，我也笑着握住他的手说："保叔，这其实没啥，都是乡里乡亲……"

的确，这就是乡亲、乡音、乡情啊！

此后每逢春节，我如回家过年，保叔都会到我家坐坐。

看望保叔

富哥不富亦富

> 对人来说，最大的欢乐、最大的幸福是把自我的精神力量奉献给他人。
>
> ——苏霍姆林斯基

我出生在砂塘村，自小勤奋读书，立志改变命运。经过不懈的努力，我如愿以偿地考上大学，离开家乡，去远方求学。因家庭变故，得益于国家助学政策及仲明助学金的雪中送炭，并且靠学校勤工俭学以及社会资助，我才完成了大学学业。

从读大学开始我一边求学一边兼职一边做公益，到毕业后一边工作一边做公益，其间的辛酸是无法用言语来表达的。我只想说句心里话——生活的美好，是要靠勤奋争取的。感谢仲明助学金那份《道义契约》，让我变得终生富有。

我从小一直用乳名"水见"到小学二年级，后来因为村里男孩子需要按照辈分起名，而我属于"富"字辈，堂哥、堂弟们已经按照辈分起名了。母亲听到常用的"权、贵、勇、伟、华、雄、杰、才、明"等字都已经被别人用了，便说，就改为"富见"吧，富裕了自然有人来相见。父亲也同意，但说要改成"富建"，"见"和"建"同音，富裕了要建设家乡。名字就这样定下来了。

"富哥"这头衔，是因为我大学期间参加勤工俭学时，常常带领一支学生队伍在校园栽花种草，像一个"包工头"；加上我的姓名中也带一个"富"字，便被同学们称呼为"富哥"。没想到很快我在学校里就"大名鼎鼎"，连大学里的老师也这样叫我。参加工作后，因和同班同学黄耿在一起工作，他又把我的"名气"带到了单位，连校长、书记有时也叫我"富哥"；特别是某次大会，校长叫我回答问题时，因一下子想不起我的真名，直接叫我"富哥"，还加上一句"富哥是个有故事的人"。那次大会也大大增强了"富哥"名字的影响力，加上我在学校"服务积极"，至今学校还流传着"有困难找富哥"的"传说"。

在仲明促进会圈子里，因参加活动多，经常到各个高校和同学们交流，经常在群里发布同学们关心的各种热点话题，"语言幽默"，"富哥"之名又"名扬校外"。

回忆艰难的求学岁月，我虽然贫穷，但是那时候几乎没有同学知道我的境况。如今我的经历非常丰富，精神十分富有，成了名副其实的富哥，不富亦富。

水见、土业、富建、富哥，我最喜欢的名字却是土业。

在教育生涯中，因遵循用心专注将一件事做到极致的工匠精神，我得过一些荣誉，例如"十大教书育人模范""优秀班主任""先进教育工作者""科研先进个人""创新创业大赛先进个人""技能大赛优秀工作者"等称号。我先后担任过学校研究所（教研室）、（装备）产业系、教师发展中心、图书馆、教务处兼技能竞赛办公室等部门的行政职务，现在任学校纪委委员及党支部书记职务。

最让我感动的是，2016年在学校"十大教书育人模范"颁奖盛典中，我被评为"十大教书育人模范"。学校授予我的颁奖词是："高级讲师、专家委员、公益人……角色多变，初心不变，你让努力成为一种习惯，臻于至善，进无止境。"

那山那水那人那事

月是故乡明，情是故乡浓。

我对那山、那水、那人、那事，都充满了思念和眷恋。

父亲走后不久，一场台风，令父亲母亲经手盖的红砖瓦房祖屋也坍塌了，猪舍鸡棚被改造成厨房、住房。看着不到30年的红砖瓦房因风雨而倒塌，那一砖一瓦，破碎在蓝天白云之下、青山绿水之间，杂草丛生，此情此景，令我心酸，令我心疼。脑海里反复想起童年的时光，别有一番滋味在心头！

我下定决心重修祖屋。毕竟，我还有个娘，我也希望自己余生能常回老家看看。祖屋，就像老娘一样，永远是故乡牵在我们身上的一根线。

我终于没有辜负父亲的期望。2011年，我把原地重建成三层楼房及新厨房，完成了父亲的遗愿。新屋入伙那天，伯父帮忙张罗，帮忙主持进宅仪式，带领母亲、我和弟弟开门进宅。

进宅那天，我宴请了全村乡亲及父亲生前的全部亲朋好友，并婉拒全部贺礼。

如今再遇强台风，父亲再也不用担心房子了，可惜他已去世多时。我不由得感慨万千：给生命一个微笑的理由吧，别让自己的心负重太多；盈一抹微笑，将岁月打磨成人生最美的风景！

逢年过节回去，房间总有一只蝴蝶，母亲说那是父亲托梦变成蝴蝶回来看我们了！

2017年夏，暴雨热浪，80多岁的伯父驾鹤西去。我专程请假回去。悼念仪式在2016年由我出钱、伯父出力修建的水泥路上举行。触景生情，我想到伯父也是一生勤劳朴素，虽早已衣食无忧，但直到去世前还养牛耕田，种菜卖菜。

参加工作后，每次我和广州乐助会的志愿者朋友回乡下，伯父总是叮嘱远近闻名的厨师堂哥亲自做美味的农家菜招呼远方客人，鼓励我要乐于助人；买了车子，每次我开车回家，伯父担心我的车子被路边树枝蹭划，总是提前把村口的荆棘及泥泞路修整一番，然后在家门口笑眯眯地等我；知道我家二宝降临，他感叹苍天有眼，高兴得几天睡不着。伯父的重托，言犹在耳：有钱出钱，有力出力。2016年，村里筹资修路，我出钱，他出力，一起把水泥路修到我们的家门口。

伯父曾借给我大学第一年的部分学费。我参加工作后，他每次听到我工作上有了进步都特别高兴。他常说，农村孩子，努力读书才是主要出路。

伯父经历过艰苦的年代，种田、养鸡、养牛。他曾经说过，人这一生中，走错过路，看错过人，承受过打击和嘲笑，落魄过，都无所谓，只要还活着，坚持下去，就有机会站起来……

伯父去世的前一年，八旬高龄的他还能爬上自家屋顶修葺瓦房，可惜一年后就撒手人寰。

伯父临终前仍不忘嘱托我：希望我有能力的时候，能把自家的侄儿、侄女及村里的孩子也带到广州读书。我一直铭记伯父的遗言。这些年，好几个侄儿、侄女初中或高中毕业后来我校读书，毕业后都找到了不错的工作。现在村里先后在我校读书的小孩就有数十人……

经历过，方领悟：亲人在，人生有来处；父亲、两个伯父去世，此生只能怀念！

当别人与父亲享受天伦之乐的时候，我只能无言地在字里行间，对着夜空寄托这份沉重隐痛的哀思。20多年了，这些年，我流过多少泪，只有我知道；从年少无知到饱经沧桑，我深晓生活的不容易，明白生命的脆弱和珍贵。

父亲虽走了，但期望还在。不管岁月的风雨怎样冲洗，父亲的"目光"并没被锈蚀，他仍在殷殷瞩望，护佑儿孙。现在，我希望不再流泪、哭泣；我活着，父亲便活着。

我也想告诉父亲：儿子一家在广州生活得很安宁，我们谨遵您的教诲去做人做事。平时我工作很忙，很充实，也很顺利；得益于国家计划生育政策变化，2016年我们生下了第二孩，您的小孙子很乖。大孙子学习成绩可好了，像您小时候一直夸我的那样好；大孙子现在读中学了，成绩经常都是班上第一名。我一切都很好，愿您在天堂也要好好的……

我也告诉父亲：儿子以微薄的工资收入，一直支持家乡建设：修路建庙，安装路灯；清明扫墓，重阳祭祖，喜庆活动……

有一些事情，当我们拥有的时候，无法懂得；当我们懂得的时候已不再拥有；世上有些东西可以弥补，有些东西永无弥补的机会……

我和伯母、伯父

回望故乡，就是回望那山、那水、那人、那事……

年轻的时候，或许我们还难以懂得什么是故乡情怀。当人到中年，很多故乡的人或事，很多曾经刻进你灵魂的故乡记忆或过往，在悄无声息地消失的时候，你就会越来越明了、珍惜这种情怀。

人生就像爬山，过程很辛苦，但当你到了山顶，在树下吹风时，你会发现那是很惬意的事情。人生的意义就在于受苦、奋斗，就在于体验整个过程。

百年前，有人捎一支榕树丫，插在砂塘村头土地庙前。没有想到，若干年后，昔日的柔嫩枝桠变成了今日的郁郁葱葱，长成了一棵参天大榕树，成了乡亲农忙时休息乘凉的好地方。它以坚韧不拔的意志和顽强的生命力诠释了砂塘村的精神。乡亲把此地及周围取名"榕树头",寓意它如砂塘村开创者一样,扎根砂塘村,落地生根,茁壮成长。榕树立足砂塘村之村头,不但对这片土地爱得深沉,也深情地守望着这块祖辈付出过无数心血与汗水的热土,因此,我们后辈也称之为"守望榕"。

落其实者思其树,饮其流者思其源。就像古客家人一样,现在的砂塘村人也有外出发展的,但故乡有根,现在的村落就是故乡的根!

月光洒在每个人心上/让回家的路有方向/离开太久的故乡/和老去的爹娘/迎着月色散落的光芒/把古老的歌谣轻声唱/无论走到任何的地方/都别忘了故乡!

是什么力量让我们坚强;是什么离去让我们悲伤;是什么付出让我们坦荡;是什么结束让我们成长!是什么距离,让我们守望!

是什么欲望让我们疯狂/是什么距离让我们守望/是什么誓言让我们幻想/是什么风雨让我们流浪!

月亮高高挂在了天上/为回家的人照着亮/离开太久的故乡/快快回去见爹娘……

——《月光》

砂塘村的"守望榕"

后　记

心怀感恩，与爱同行

"滴水之恩，涌泉相报"是仲明助学金设立的初衷。春去秋来，在这25年里，我们与12000多名仲明学子及千千万万的社会各界热心人士，一起见证了仲明的发展。未来我们也将继续砥砺前行，继续为仲明公益事业的发展贡献自己的力量，同时欢迎更多充满活力和奇思妙想的小伙伴加入。

"子在川上曰：逝者如斯夫，不舍昼夜。"仲明之爱，已整整流淌了9000多个日日夜夜。在这段漫长的时光里，感谢《羊城晚报》、中央电视台、新华社等众多媒体坚持不懈的报道，让仲明静美的大爱，能够永恒地留在不计其数的人们心中。

《匠心筑梦》《滴水缘情》两本书的出版，让我感到压力很大。朋友安慰我：人常是毁誉参半，不必在意流言。公众人物确实需要有强大的内心，做好一件事情已经很难，同时出圈跨界做好几件事情更是难上加难。

《匠心筑梦》主要是我的工作记录（记录了我的父亲、母亲，我的讲台、舞台等），《滴水缘情》则主要是我的生活记录。

本书中的很多文章，其实已写好多年了。有部分曾发表于各种刊物，有部分发表在QQ空间日志、说说或微信朋友圈，有部分是信件，也有部分是各种场合的发言稿、公众号推文，还有部分来源于仲明助学金管委会及媒体报道，涵盖了我多年来的人生经历和感悟。

我是一滴水，缘遇衷情。"诗缘情而绮靡，赋体物而浏亮。"我希望通过书籍的形式，立此存照，感恩亲人，感恩仲明，感恩社会。在我看来，书中那些关于故乡、童年、师恩、仲明、道义、契约、公益、教育、情缘、乡音的记忆，都是我坚守契约、践行爱、弘扬爱的人生足迹。这种道义的力量，也将贯穿我的一生。

感谢我的家人在生活方面给予我的无微不至的关怀和照顾，家人的支持很重要，使我多次忙到半夜回来，依然可以吃到热饭。感谢他们在此过程中给予我的理解和支持！

感谢我的父老乡亲及亲朋好友。感谢陪我成长的仲明大家庭；感谢赋予我知识和思想的母校及恩师和同学；感谢全体广州机电同事和我的学生们。

感谢杨国强叔叔，感谢仲明助学金负责人、《羊城晚报》原总经理陈心宇老师，感谢中山大学原党委副书记李萍教授；感谢仲明助学金管委会的领导和老师，感谢团省委庾月娥、黎业辉、贠德政老师；感谢国强公益基金会罗劲荣副理事长，刘刚、舒玲、曾雄副秘书长，国强公益基金会理事兼仲明助学金总监杨从容女士，碧桂园志愿服务队范希飚秘书长及许兴涛；感谢广东省仲明助学志愿服务促进会全体顾问、理事及会员；感谢仲明助学金惠及的全国23所高校（中山大学、华南理工大学、暨南大学、华南农业大学、华南师范大学、广东外语外贸大学、广东工业大学、广州中医药大学、广州大学、广东财经大学、广州医科大学、广东药科大学、广东技术师范大学、广州美术学院、仲恺农业工程学院、嘉应学院、韶关学院、韩山师范学院、肇庆学院、佛山科学技术学院、广东警官学院、广东司法警官职业学院、南华大学）的领导、老师对仲明促进会及本人的包容；感谢中山大学漆小萍、钟一彪部长，韩山师范学院黄道宏处长，韶关学院旅游与地理学院肖著华副书记。你们的鼓励给我留下深刻印象，也是我工作、写作的动力。

感谢我的队友及好友燕梅、冬梅、建风、海涛、黄娜、国兴、袁颖、飞雪、绍钦、耀广、付有、建文、伟明、楚丹、金泉、尚平、福勇、梦竹、侨燕、郭婵、章洁、凤华、倩云、杏安、玉萍、彩庆、水流、圣清、观莲、双友、春凤、何超、泉英、洪超、馨影、关健、洪健、宇辉、洁瑜、文伟、谢诺、晓妹、雨兰、根爷、彩虹、贻良、俊宏、巧玲、奕全、金泽、郑梦、椰静、苗苗、刘庆、昭武、静纯、菁一、嘉兴、韵怡、柳燕、彭玲、潘青、叶锋、德辉、进武、华胜、碧蓉……感谢有你们！

感谢好友新勇一直以来给予的鼓励和帮忙；感谢广州乐助会李锦文会长、白翎、阳光、阿咪、老阿哥及乐助会志愿者们，化州市教育局王庆惠等老师，这些年来，我们一直走在公益的路上。

感谢粤西张氏理事会张亚生、张玉棠等前辈给予的大力支持！

对给予本书出版支持的中山大学出版社、国强公益基金会、仲明促进会以及所有支持、帮助、关心和理解过我的领导、师长、同事、同学、学

后记

生、亲人和朋友们致以诚挚的谢意。

感谢我所遇见的每一个人!是你们让我感到世界的温暖,也是你们,让我在最艰难的时刻不仅没有屈服,反而日益坚强,更有怜悯之心。

在这 40 余年的人生中,我自己只能说尽了心,没有懈怠,没有大意;在未来的人生路上,我会带着这些财富,继续追寻属于我的未来。

我喜欢行走,喜欢遇见,喜欢不停步的人生。或许就是因为这样的性格吧,每次有能力去帮助别人,有机会参与社会公益活动时,我都竭尽所能,只因心里盛着感恩和感动。清风徐来,鲜花自开。尽能力,不管成败!只要努力,一切都有可能!

因才疏学浅,本书肯定有不少漏洞或值得商榷的地方,希望各位前辈、读者海涵,并请批评指正。

近几年,我参与的公益志愿活动很多,积累了不少素材。希望将来有机会,将这些素材写成新的作品,奉献给大家,以弥补这本书的不足。

最后,如有可能,我想将稿费或售书所得,一部分继续捐赠给公益组织,一部分用于家乡建设,以继续尽绵薄之力。

爱是无所不能的。我期待更多的爱意绽放,更多的梦想得以实现,愿道义契约永驻人间!希望社会因我们的存在变得更加美好,也促使我们在公益的路上遇见更好的自己!

附 录

今天，我们涌泉报滴水

一位著名民营企业家出资百万设立仲明大学生助学金
羊城晚报优秀大学生奖学金同时宣告设立
我们等待着并欢迎更多有志者加入奉献爱心行列

本报讯 记者陈心宇报道： 受广东省内一位不愿透露姓名的著名民营企业家委托，本报将于今年秋天新学期，向广州地区高等学校一批经济困难的大学生发放100万元"仲明大学生助学金"；与此同时，羊城晚报优秀大学生奖学金也于今天宣告设立，每年出资20万元奖励一批品学兼优的高校大学生、研究生、博士生。

我们共同倡导的精神是："受惠社会，回报社会"。

随着社会主义市场经济体制的建立，高等教育正在探索着建立和健全困难学生经济保障机制，在这方面，广东省一直走在全国的前列。高校贫困生的问题，始终是各级政府和教育部门高度关注的焦点。

本报和热心的企业家，均不谋而合地选择了这一关怀教育、造福子孙、作育英才之路，我们欣喜和感奋于这一阳光事业，并愿意与教育部门和高校一起，携手前行。

我们将独树一帜地向社会倡导一种"道义回报"的道德规范与良知，被资助方并资助方订立"道义契约"，今天受到社会帮助并度过难关的学子们，必须承诺将来在有能力的时候，以同样的方式或别样的方式加入到我们这个奉献爱心的行列，让"人人都能出一点爱"的呼吁成为现实生活中的一种良性循环。

我们还有一个共同心愿，那就是：期望我们的奉献，能吸引或鼓励更多有志者，义无反顾地加入到我们的行列。我们等待着！我们欢迎您！

仲明大学生助学金是这位实力雄厚的企业家个人出资设立的。出于对羊城晚报诚挚的信赖，他特地委托本报负责管理并发放100万元捐助款，并已将今年的助学金全额送达本报。他真诚地表示，在自己的事业顺利发展、经济条件许可的情况下，他将每年捐献100万元，用以帮助大学校园里那些家庭生活有特殊困难的大学生完成高等教育学业。

羊城晚报优秀大学生奖学金，由本报每年出资20万元设立。长期以来，我们的事业无论是历尽坎坷，还是充满阳光，都得到读者们的关心与支持。遵循着"反映生活、干预生活、引导生活、丰富生活"这十六字办报方针，我们致力于为广大读者提供有益的精神食粮，以全心全意、兢兢业业的职业精神回报读者的厚爱。"滴水之恩，涌泉相报"，我们始终不遗余力地倡导"受惠社会，回报社会"的社会风尚，倡导奉献爱心的高尚的人间情怀。

仲明大学生助学金和羊城晚报优秀大学生奖学金的筹备工作已基本就绪，有关申请手续和工作程序，请读者留意本报的后续报道。

1997年7月10日《羊城晚报》头版报道：《今天，我们涌泉报滴水》

街谈巷议 雪中送炭 感人肺腑

微音

三个月前，一位民营企业家前来羊城报社表示，他准备捐资百万，以帮助广州地区高校有特殊经济困难的大学生，并且委托本报社负责管理和发放这100万元捐款。这种热心作育英才、扶贫济困的情怀和对本报同仁的信赖，深深地撼动了我们的心。为了表示他的诚信，他把一百万元支票交由本报随身带来了。

在晤谈中，他表示不愿透露自己的姓名；同时由于它是个人捐资，也不须用他所在企业的名字。我们对此表示理解。但设立大学生助学金总得有个名份吧？他沉吟半晌后说，好，那就用仲明这个名字出吧。说话很平静，毫无矜夸之色。他只是认为，当年爱社会之恩，至今不忘，总想将有机会去帮助别人，以回报社会。好！一个当代企业家风貌。他要改革开放政策之赐，只是，不愿仅仅追求个人的生活享受，而是深明大义，着眼于祖国的未来，为培养高级人才而竭尽绵力，这是一个具有远见卓识、胸怀广阔的企业家的语气很平静，毫无矜夸之色。

交谈中，他提出，资助者与被资助者双方，要订个"道义契约"：受资助的大学生在将来经济条件许可时，就要连本带息，归还给"仲明基金"组织，以便帮助更多需要帮助者日后生活依然困难，那就免了。如果被资助者日后生活依然困难，那就免了。此公亦可言之无愧了！

国家对于经济上有困难的高校学生，已建立了一套保障体系，然而，如果再加上民间方面的资助，力量就大得多了。这个隐姓埋名的企业家的义举，无疑是很值得称颂和推广的。这里，谨向他表示我们由衷的敬意和感谢！

1997年7月11日《羊城晚报》头版报道：《雪中送炭，感人肺腑》

1997年7月11日《羊城晚报》头版报道：《做这么点事，不值多提》

2001年11月3日《羊城晚报》头版报道：《"道义契约"延续可贵诚信》

仲明大学生助学金《道义契约》封面